莎士比亚全集·中文本（典藏版）
William Shakespeare: Complete Works

［英］威廉·莎士比亚（William Shakespeare） 著

辜正坤 主编／孟凡君 译

亨利八世

The Famous History of the Life of King Henry the Eighth

外语教学与研究出版社
北京

京权图字：01-2016-5024

图书在版编目 (CIP) 数据

亨利八世／（英）威廉·莎士比亚（William Shakespeare）著 ；孟凡君译.
北京：外语教学与研究出版社，2024. 6. --（莎士比亚全集／辜正坤主编）.
ISBN 978-7-5213-5353-2

I. I561.33

中国国家版本馆 CIP 数据核字第 2024WS7839 号

亨利八世
HENGLI BA SHI

出 版 人	王 芳
项目负责	邢印姝　郭芮萱
责任编辑	周渝毅
责任校对	徐 宁
封面设计	张 潇
出版发行	外语教学与研究出版社
社　　址	北京市西三环北路 19 号（100089）
网　　址	https://www.fltrp.com
印　　刷	三河市紫恒印装有限公司
开　　本	710×1000　1/16
印　　张	11.5
字　　数	184 千字
版　　次	2024 年 6 月第 1 版
印　　次	2024 年 6 月第 1 次印刷
书　　号	ISBN 978-7-5213-5353-2
定　　价	68.00 元

如有图书采购需求，图书内容或印刷装订等问题，侵权、盗版书籍等线索，请拨打以下电话或关注官方服务号：
客服电话：400 898 7008
官方服务号：微信搜索并关注公众号"外研社官方服务号"
外研社购书网址：https://fltrp.tmall.com

物料号：353530001

记载人类文明
沟通世界文化
www.fltrp.com

出版说明

1623 年，莎士比亚的演员同僚们倾注心血结集出版了历史上第一部《莎士比亚全集》——著名的第一对开本，这是三百多年来许多导演和演员最为钟爱的莎士比亚文本。2007 年，由英国皇家莎士比亚剧团（Royal Shakespeare Company）推出的《莎士比亚全集》，则是对第一对开本首次全面的修订。

本套《莎士比亚全集》新汉译本，正是依据当今莎学界最负声望的皇家版《莎士比亚全集》翻译而成。译本的凡例说明如下：

一、**文体**：剧文有诗体和散体之分。未及最右行末即转行的为诗体。文字连排、直至最右行末转行的，则为散体。

二、**舞台提示**：

1）角色的上场与下场及其他舞台提示以仿宋体排出，穿插于剧文中的舞台提示以圆括号进行标注，如：(对亨利王子)。

2）舞台提示中的特殊符号。译本所依据的皇家版《莎士比亚全集》的编辑者对舞台提示中的不确定情形以特殊符号予以标注，译本亦保留了这些符号：如（旁白？）表示某行剧文既可作为旁白，亦可当作对话；又如某个舞台活动置于箭头 ↓↓ 之间，表示它可发生在一场戏中的多个不同时刻。

三、**脚注**：脚注中除标注有"译者附注"字样的，均译自或改编自皇家版《莎士比亚全集》注释。脚注多为对剧文中背景知识及专名的解释，以使读者更好地理解剧情；亦包含部分与英文原文相关的脚注，以使读者在品味译者的佳文时，亦体验到英文原文的精妙。

四、文本：译本以第一对开本为蓝本，部分剧目中四开本与之明显相异的段落亦有译出，附于正文之后，供读者参考。

此《莎士比亚全集》新汉译本历经策划、翻译、编辑加工和印装等工序，各个环节的参与者均竭尽全力，力求完美，但由于水平、精力所限，难免有所错漏，敬请广大读者赐教指正。

外语教学与研究出版社
综合出版事业部

莎士比亚诗体重译集序

辜正坤

他非一代骚人，实属万古千秋。

这是英国大作家本·琼森（Ben Jonson）在第一部《莎士比亚全集》（*Mr. William Shakespeares Comedies, Histories, & Tragedies*, 1623）扉页上题诗中的诗行。三百多年来，莎士比亚在全球逐步成为一个家喻户晓的名字，似乎与这句预言在在呼应。但这并非偶然言中，有许多因素可以解释莎士比亚这一巨大的文化现象产生的必然性。最关键的，至少有下面几点。

首先，其作品内容具有惊人的多样性。世界上很难有第二个作家像莎士比亚这样能够驾驭如此广阔的题材。他的作品内容几乎无所不包，称得上英国社会的百科全书。帝王将相、走卒凡夫、才子佳人、恶棍屠夫……一切社会阶层都展现于他的笔底。从海上到陆地，从宫廷到民间，从国际到国内，从灵界到凡尘……笔锋所指，无处不至。悲剧、喜剧、历史剧、传奇剧，叙事诗、抒情诗……都成为他显示天才的文学样式。从哲理的韵味到浪漫的爱情，从盘根错节的叙述到一唱三叹的诗思，波涛汹涌的情怀，妙夺天工的笔触，凡开卷展读者，无不为之拊掌称绝。即使只从莎士比亚使用过的海量英语词汇来看，也令人产生仰之弥高的感觉。德国语言学家马克斯·缪勒（Max Müller）原以为莎士比亚使用过的词汇最多为 15,000 个，事后证明这当然是小看了语言大师的词汇储藏量。美国教授爱德华·霍尔登（Edward Holden）经过一番考察后，认为至少达 24,000 个。可是他哪里知道，这依然是一种低估。有学者甚至声称用电脑检索出莎士比亚用的词汇多达 43,566 个！当然，这些数据还不是莎士比亚作品之所以产生空前影响的关键因素。

其次，但也许是更重要的原因：他的作品具有极高的娱乐性。文学作品的生命力在于它能寓教于乐。莎士比亚的作品不是枯燥的说教，而是能够给予读者或观众极大艺术享受的娱乐性创造物，往往具有明显的煽情效果，有意刺激人的欲望。这种艺术取向当然不是纯粹为了娱乐而娱乐，掩藏在背后的是当时西方人强有力的人本主义精神，即用以人为本的价值观来对抗欧洲上千年来以神为本的宗教价值观。重欲望、重娱乐的人本主义倾向明显对重神灵、重禁欲的神本主义产生了极大的挑战。当然，莎士比亚的人本主义与中国古人所主张的人本主义有很大的区别。要而言之，前者在相当大的程度上肯定了人的本能欲望或原始欲望的正当性，而后者则主要强调以人的仁爱为本规范人类社会秩序的高尚的道德要求。二者都具有娱乐效果，但前者具有纵欲性或开放性娱乐效果，后者则具有节欲性或适度自律性娱乐效果。换句话说，对于 16、17 世纪的西方人来说，莎士比亚的作品暗中契合了试图挣脱过分禁欲的宗教教义的约束而走向个性解放的千百万西方人的娱乐追求，因此，它会取得巨大成功是势所必然的。

第三，时势造英雄。人类其实从来不缺善于煽情的作手或视野宏阔的巨匠，缺的常常是时势和机遇。莎士比亚的时代恰恰是英国文艺复兴思潮达到鼎盛的时代。禁欲千年之久的欧洲社会如堤坝围裹的宏湖，表面上浪静风平，其底层却汹涌着决堤的纵欲性暗流。一旦湖堤洞开，飞涛大浪呼卷而下，浩浩汤汤，汇作长河，而莎士比亚恰好是河面上乘势而起的弄潮儿，其迎合西方人情趣的精湛表演，遂赢得两岸雷鸣般的喝彩声。时势不光涵盖社会发展的总趋势，也牵连着别的因素。比如说，文学或文化理论界、政治意识形态对莎士比亚作品理解、阐释的多样性与莎士比亚作品本身内容的多样性产生相辅相成的效果。"说不尽的莎士比亚"成了西方学术界的口头禅。西方的每一种意识形态理论，尤其是文学理论，要想获得有效性，都势必会将阐释莎士比亚的作品作为试金石。17 世纪初的人文主义，18 世纪的启蒙主义，19 世纪的浪漫主义，20世纪的现实主义或批判现实主义，都不同程度地、选择性地把莎士比亚作品作为阐释其理论特点的例证。也许 17 世纪的古典主义曾经阻遏过西方人对莎士比亚作品的过度热情，但是 19 世纪的浪漫主义流派却把莎士比亚作品推崇到无以复加的崇高地位，莎士比亚俨然成了西方文学的神灵。20 世纪以来，西方资本主义阵营和社会主义阵营可以说在意识形态的各个方面都互相对立，势同水火，可是在对待莎士比亚的问题上，居然有着惊人的共识与默契。不用说，社会主义阵营的立场与社会主义理论的创始人马克思（Karl Marx）、恩格斯（Friedrich Engels）个人的审美情趣息息相关。马克思一家都是莎士比亚的粉丝；马克思称莎士比亚为"人类最伟大的天才之一，人类文学奥林波斯山上的宙斯"！他号召作家们要更加莎士比亚化。恩格斯甚至指出："单是《快乐的温莎巧妇》[1] 的第一幕就比全部德国文学包含着更多的生活气息。"不用说，这些话多多少少有某种程度的文学性夸张，但对莎士比亚的崇高地位来说，却无疑产生了极大的推动作用。

第四，1623 年版《莎士比亚全集》奠定莎士比亚崇拜传统。这个版本即眼前译本所依据的皇家版《莎士比亚全集》（*The RSC William Shakespeare: Complete Works*, 2007）的主要内容。该版本产生于莎士比亚去世的第七年。莎士比亚的舞台同仁赫明奇（John Heminge）和康德尔（Henry Condell）整理出版了第一部莎士比亚戏剧集。当时的大学者、大

1　英文剧名为 The Merry Wives of Windsor，朱生豪先生译作《温莎的风流娘儿们》；重译本综合考虑剧情和英文书名，译作《快乐的温莎巧妇》。

作家本·琼森为之题诗，诗中写道："他非一代骚人，实属万古千秋。"这个调子奠定了莎士比亚偶像崇拜的传统。而这个传统一旦形成，后人就难以反抗。英国文学中的莎士比亚偶像崇拜传统已经形成了一种自我完善、自我调整、自我更新的机制。至少近两百年来，莎士比亚的文学成就已被宣传成世界文学的顶峰。

第五，现在署名"莎士比亚"的作品很可能不只是莎士比亚一个人的成果，而是凝聚了当时英国若干戏剧创作精英的团体努力。众多大作家的智慧浓缩在以"莎士比亚"为代号的作品集中，其成就的伟大性自然就获得了解释。当然，这最后一点只是莎士比亚研究界若干学者的研究性推测，远非定论。有的莎士比亚著作爱好者害怕一旦证明莎士比亚不是署名为"莎士比亚"的著作的作者，莎士比亚的著作便失去了价值，这完全是杞人忧天。道理很简单，人们即使证明了《红楼梦》的作者不是曹雪芹，或《三国演义》的作者不是罗贯中，也丝毫不影响这些作品的伟大价值。同理，人们即使证明了《莎士比亚全集》不是莎士比亚一个人创作的，也丝毫不会影响《莎士比亚全集》是世界文学中的伟大作品这个事实，反倒会更有力地证明这个事实，因为集体的智慧远胜于个人。

皇家版《莎士比亚全集》译本翻译总思路

横亘于前的这套新译本，是依据当今莎学界最负声望的皇家版《莎士比亚全集》进行翻译的，而皇家版又正是以本·琼森题过诗的1623年版《莎士比亚全集》为主要依据。

这套译本是在考察了中国现有的各种译本后，根据新的历史条件和新的翻译目的打造出来的。其总的翻译思路是本套译本主编会同外语教学与研究出版社的相关领导和责任编辑讨论的结果。总起来说，皇家版《莎士比亚全集》译本在翻译思路上主要遵循了以下几条：

1. 版本依据。如上所述，本版汉译本译文以英国皇家版《莎士比亚全集》为基本依据。但在翻译过程中，译者亦酌情参阅了其他版本，以增进对原作的理解。

2. 翻译内容包括：内页所含全部文字。例如作品介绍与评论、正文、注释等。

3. 注释处理问题。对于注释的处理：1）翻译时，如果正文译文已经将英文版某注释的基本含义较准确地表达出来了，则该注释即可取消；2）如果正文译文只是部分地将英文版对应注释的基本含义表达出来，则该注释可以视情况部分或全部保留；3）如果注释本身存疑，可以在保留原注的情况下，加入译者的新注。但是所加内容务必有理有据。

4. 翻译风格问题。对于风格的处理：1）在整体风格上，译文应该尽量逼肖原作整体风格，包括以诗体译诗体，以散体译散体；2）在具体的文字传输处理上，通常应该注重汉译本身的文字魅力，增强汉译本的可读性。不宜太白话，不宜太文言；文白用语，宜尽量自然得体。句子不要太绕，注意汉语自身表达的句法结构，尤其是其逻辑表达方式。意义的异化性不等于文字形式本身的异化性，因此要注意用汉语的归化性来传输、保留原作含义的异化性。朱生豪先生的译本语言流畅、可读性强，但可惜不是诗体，有违原作形式。当下译本是要在承传朱先生译本优点的基础上，根据新时代的读者审美趣味，取得新的进展。梁实秋先生等的译本，在达意的准确性上，比朱译有所进步，也是我们应该吸纳的优点。但是梁译文采不足，则须注意避其短。方平先生等的译本，也把莎士比亚翻译往前推进了一步，在进行大规模诗体翻译方面作出了宝贵的尝试，但是离真正的诗体尚有距离。此外，前此的所有译本对于莎士比亚原作的色情类用语都有程度不同的忽略，本套皇家版译本则尽力在此方面还原莎士比亚的本真状态（论述见后文）。其他还有一些译本，亦都应该受到我们的关注，处理原则类推。每种译本都有自己独特的东西。我们希望美的译文是这套译本的突出特点。

5. 借鉴他种汉译本问题。凡是我们曾经参考过的较好的译本，都在适当的地方加以注明，承认前辈译者的功绩。借鉴利用是完全必要的，但是要正大光明，避免暗中抄袭。

6. 具体翻译策略问题特别关键，下文将其单列进行陈述。

莎士比亚作品翻译领域大转折：真正的诗体译本

莎士比亚首先是一个诗人。莎士比亚的作品基本上都以诗体写成。因此，要想尽可能还原本真的莎士比亚，就必须将莎士比亚作品翻译成为诗体而不是散文，这在莎学界已经成为共识。但是紧接而来的问题是：什么叫诗体？或需要什么样的诗体？

按照我们的想法：1）所谓诗体，首先是措辞上的诗味必须尽可能浓郁；2）节奏上的诗味（包括分行）等要予以高度重视；3）结合中国人的审美习惯，剧文可以押韵，也可以不押韵。但不押韵的剧文首先要满足前两个要求。

本全集翻译原计划由笔者一个人来完成。但是，莎士比亚的创作具有惊人的多样性，其作品来源也明显具有莎士比亚时代若干其他作家与作品的痕迹，因此，完全由某一个译者翻译成一种风格，也许难免偏颇，难以和莎士比亚风格的多样性相呼应。所以，集众人的力量来完成大业，应该更加合理，更加具有可操作性。

具体说来，新时代提出了什么要求？简而言之，就是用真正的诗体翻译莎士比亚的诗体剧文。这个任务，是朱生豪先生无法完成的。朱先生说过，他在翻译莎士比亚作品时，"当然预备全部用散文译出，否则将要了我的命"。[1] 显然，朱先生也考虑过用诗体来翻译莎士比亚著作的问题，但是他的结论是：第一，靠单独一个人用诗体翻译《莎士比亚全集》是办不到的，会因此累死；第二，他用散文翻译也是不得已的办法，因为只有这样他才有可能在有生之年完成《莎士比亚全集》的翻译工作。

将《莎士比亚全集》翻译成诗体比翻译成散文体要难得多。难到什么程度呢？和朱生豪先生的翻译进度比较一下就知道了。朱先生翻译得最快的时候，一天可以翻译一万字。[2] 为什么会这么快？朱先生才华过人，这当然是一个因素，但关键因素是：他是用散文翻译的。用真正的诗体就不一样了。以笔者自己的体验，今日照样用散文翻译莎士比亚剧本，最快时也可达到每日一万字。这是因为今日的译者有比以前更完备的注释本和众多的前辈汉译本作参考，至少在理解原著时，要比朱先生当年省力得多，所以翻译速度上最高达到一万字是不难的。但是翻译成诗体就是另外一回事了。这比自己写诗还要难得多。写诗是自己随意发挥，译诗则必须按照别人的意思发挥，等于是戴着镣铐跳舞。笔者自己写诗，诗兴浓时，一天数百行都可以写得出来，但是翻译诗，一天只能是几十行，统计成字数，往往还不到一千字，最多只是朱生豪先生散文翻译速度的十分之一。梁实秋先生翻译《莎士比亚全集》用的也是散文，但是也花了37年，如果要翻译成真正的诗体，那么至少得370年！由此可见，真正的诗体《莎士比亚全集》汉译本的诞生，有多么艰难。此次笔者约稿的各位译者，都是用诗体翻译，并且都表示花费了大量的时间，

1　见朱生豪大约在1936年夏致宋清如信："今天下午，我试译了两页莎士比亚，还算顺利，不过恐怕终于不过是Poor Stuff而已。当然预备全部用散文译出，否则将要了我的命。"(《伉俪：朱生豪宋清如诗文选》下卷，中国青年出版社，2013年，第94页）

2　朱生豪："今天因为提起了精神，却很兴奋，晚上译了六千字，今天一共译一万字。"(同上，第101页）

皇家版《莎士比亚全集》译本凝聚了诸位译者的多少努力，也就不言而喻了。

翻译诗体分辨：不是分了行就是真正的诗

主张将莎士比亚剧作翻译成诗体成了共识，但是什么才是诗体，却缺乏共识。在白话诗盛行的时代，许多人只是简单地认定分了行的文字就是诗这个概念。分行只是一个初级的现代诗要求，甚至不必是必然要求，因为有些称为诗的文字甚至连分行形式都没有。不过，在莎士比亚作品的翻译上，要让译文具有诗体的特征，首先是必定要分行的，因为莎士比亚原作本身就有严格的分行形式。这个不用多说。但是译文按莎士比亚的方式分了行，只是达到了一个初级的低标准。莎士比亚的剧文读起来像不像诗，还大有讲究。

卞之琳先生对此是颇有体会的。他的译本是分行式诗体，但是他自己也并不认为他译出的莎士比亚剧本就是真正的诗体译本。他说：读者阅读他的译本时，"如果……不感到是诗体，不妨就当散文读，就用散文标准来衡量"。[1]这是一个诚实的译者说出的诚实话。不过，卞先生很谦虚，他有许多剧文其实读起来还是称得上诗体的。原因是什么？原因是他注意到了笔者上文提到的两点：第一，诗的措辞；第二，诗的节奏。只不过他迫于某些客观原因，并没有自始至终侧重这方面的追求而已。

显然，一些译本翻译了莎士比亚的剧文，在行数上靠近莎士比亚原作，措辞也还流畅。这些是不是就是理想的诗体莎士比亚译本呢？笔者认为，这还不够。什么是诗，对于中国人来说有几千年的历史，我们不

---

1 卞之琳：《莎士比亚悲剧四种》，方志出版社，2007 年，第 4 页。

能脱离这个悠久的传统来讨论这个问题。为此，我们不得不重新提到一些基本概念：什么是诗？什么是诗歌翻译？

诗歌是语言艺术，诗歌翻译也就必须是语言艺术

讨论诗歌翻译必须从讨论诗歌开始。

诗主情。诗言志。诚然。但诗歌首先应该是一种精妙的语言艺术。同理，诗歌的翻译也就不得不首先表现为同类精妙的语言艺术。若译者的语言平庸而无光彩，与原作的语言艺术程度差距太远，那就最多只是原诗含义的注释性文字，算不得真正的诗歌翻译。

那么，何谓诗歌的语言艺术？

无他，修辞造句、音韵格律一整套规矩而已。无规矩不成方圆，无限制难成大师。奥运会上所有的技能比赛，无不按照特定的规矩来显示参赛者高妙的技能。德国诗人歌德（Johann Wolfgang von Goethe）《自然和艺术》("Natur und Kunst") 一诗最末两行亦彰扬此理：

非限制难见作手，

唯规矩予人自由。[1]

艺术家的"自由"，得心应手之谓也。诗歌既为语言艺术，自然就有一整套相应的语言艺术规则。诗人应用这套规则时，一旦达到得心应手的程度，那就是达到了真正成熟的境界。当然，规矩并非一点都不可打破，但只有能够将规矩使用到随心所欲而不逾矩的程度的人，才真正有资格去创立新规矩，丰富旧规矩。创新是在承传旧规则长处的基础上来进行的，而不是完全推翻旧规则，肆意妄为。事实证明，在语言艺术上

1　In der Beschränkung zeigt sich erst der Meister, / Und das Gesetz nur kann uns Freiheit geben. 参见 http://www.business-it.nl/files/7d413a5dca62fc735a072b16fbf050b1-27.php.

凡无视积淀千年的诗歌语言规则，随心所欲地巧立名目、乱行胡来者，永不可能在诗歌语言艺术上取得大的成就，所以歌德认为：

> 若徒有放任习性，
>
> 则永难至境遨游。[1]

诗歌语言艺术如此需要规则，如此不可放任不羁，诗歌的翻译自然也同样需要相类似的要求。这个要求就是笔者前面提出的主张：若原诗是精妙的语言艺术，则理论上说来，译诗也应是同类精妙的语言艺术。

但是，"同类"绝非"同样"。因为，由于原作和译作使用的语言载体不一样，其各自产生的语言艺术规则和效果也就各有各的特点，大多不可同样复制、照搬。所以译作的最高目标，是尽可能在译入语的语言艺术领域达到程度大致相近的语言艺术效果。这种大致相近的艺术效果程度可叫作"最佳近似度"。它实际上也就是一种翻译标准，只不过针对不同的文类，最佳近似度究竟在哪些因素方面可最佳程度地（并不一定是最大程度地）取得近似效果，不是一成不变的，而是具有高度的灵活性。不同的文类，甚至针对不同的受众，我们都可以设定不同的最佳近似度。这点在拙著《中西诗比较鉴赏与翻译理论》（清华大学出版社，2010年）的相关章节中有详细的厘定，此不赘。

话与诗的关系：话不是诗

古人的口语本来就是白话，与现在的人说的口语是白话一个道理。

---

1 Vergebens werden ungebundene Geister / Nach der Vollendung reiner Höhe streben. 参见 http://www.cosmiq.de/qa/show/3454062/Vergebens-werden-ungebundne-Geister-Nach-der-Vollendung-reiner-Hoehe-streben-Was-ist-die-Bedeutung-dieser-2-Verse-Ich-komm-nicht-drauf/t.

正因为白话太俗，不够文雅，古人慢慢将白话进行改进，使它更加规范、更加准确，并且用语更加丰富多彩，于是文言产生。在文言的基础上，还有更文的文字现象，那就是诗歌，于是诗歌产生。所以就诗歌而言，文言味实际上就是一种特殊的诗味。文言有浅近的文言，也有佶屈聱牙的文言。中国传统诗歌绝大多数是浅近的文言，但绝非口语、白话。诗中有话的因素，自不待言，但话的因素往往正是诗试图抑制的成分。

文言和诗歌的产生是低俗的口语进化到高雅、准确层次的标志。文言和诗歌的进一步发展使得语言的艺术性愈益增强。最终，文言和诗歌完成了艺术性语言的结晶化定型。这标志着古代文学和文学语言的伟大进步。《诗经》、楚辞、唐诗、宋词、元明戏曲，以及从先秦、汉、唐、宋、元至明清的散文等，都是中国语言艺术逐步登峰造极的明证。

人们往往忘记：话不是诗，诗是话的升华。话据说至少有几十万年的历史，而诗却只有几千年的历史。白话通过漫长的岁月才升华成了诗。因此，从理论上说，白话诗不是最好的诗，而只是低层次的、初级的诗。当一行文字写得不像是话时，它也许更像诗。"太阳落下山去了"是话，硬说它是诗，也只是平庸的诗，人人可为。而同样含义的"白日依山尽"不像是话，却是真正的诗，非一般人可为，只有诗人才写得出。它的语言表达方式与一般人的通用白话脱离开来了，实现了与通用语的偏离（deviation from the norm）。这里的通用语指人们天天使用的白话。试想把唐诗宋词译成白话，还有多少诗味剩下来？

谢谢古代先辈们一代又一代、不屈不挠的努力，话终于进化成了诗。

但是，20世纪初一些激进的中国学者鼓荡起一场声势浩大的白话文运动。

客观说来，用白话文来书写、阅读自然科学和人文科学文献，例如哲学、政治学、伦理学、经济学等等文献，这都是**伟大的进步**。这个进步甚至可以上溯到八百多年前朱熹等大学者用白话体文章传输理学思想。
对此笔者非常拥护，非常赞成。

　　但是约一百年前的白话诗运动却未免走向了极端，事实上是一种语
言艺术方面的倒退行为。已经高度进化的诗词曲形式被强行要求返祖回
归到三千多年前的类似白话的状态，已经高度语言艺术化了的诗被强行
要求退化成话。艺术性相对较低的白话反倒成了正统，艺术性较高的诗
反倒成了异端。其实，容许口语类白话诗和文言类诗并存，这才是正确
的选择。但一些激进学者故意拔高白话地位，在诗歌创作领域搞成白话
至上主义，这就走上了极端主义道路。

　　这个运动影响到诗歌翻译的结果是什么呢？结果是西方所有的大诗
人，不论是古代的还是近代的，如荷马（Homer）、但丁（Dante）、莎士
比亚、歌德、雨果（Victor Hugo）、普希金（Alexander Pushkin）……都
莫名其妙地似乎用同一支笔写出了 20 世纪初才出现的味道几乎相同的白
话文汉诗！

　　将产生这种极端性结果的原因再回推，我们会清楚地明白，当年的
某些学者把文学艺术简单雷同于人文社会科学，误解了文学艺术，尤其
是诗歌艺术的特殊性质，误以为诗就是话，混淆了诗与话的形式因素。

针对莎士比亚戏剧诗的翻译对策

　　由上可知，莎士比亚的剧文既然大多是格律诗，无论有韵无韵，它
们都是诗，都有格律性。因此在汉译中，我们就有必要显示出它具有格
律性，而这种格律性就是诗性。

　　问题在于，格律性是附着在语言形式上的；语言改变了，附着其上
的格律性也就大多会消失。换句话说，格律大多不可复制或模仿，这就

正如用钢琴弹不出二胡的效果，用古筝奏不出黑管的效果一样。但是，原作的内在旋律是可以模仿的，只是音色变了。原作的诗性是可以换个形式营造的，这就是利用汉语本身的语言特点营造出大略类似的语言艺术审美效果。

由于换了另外一种语言媒介，原作的语音美设计大多已经不能照搬、复制，甚至模拟了，那么我们就只好断然舍弃掉原作的许多语音美设计，而代之以译入语自身的语言艺术结构产生的语音美艺术设计。当然，原作的某些语音美设计还是可以尝试模拟保留的，但在通常的情况下，大多数的语音美已经不可能传输或复制了。

利用汉语本身的语音审美特点来营造莎士比亚诗歌的汉译语音审美效果，是莎士比亚作品翻译的一个有效途径。机械照搬原作的语音审美模式多半会失败，并且在大多数的场合下也没有必要。

具体说来，这就涉及翻译莎士比亚戏剧作品时该如何处理：1）节奏；2）韵律；3）措辞。笔者主张，在这三个方面，我们都可以适当借鉴利用中国古代词曲体的某些因素。戏剧剧文中的诗行一般都不宜多用单调的律诗和绝句体式。元明戏剧为什么没有采用前此盛行的五言或七言诗行而采用了长短错杂、众体皆备的词曲体？这是一种艺术形式发展的必然。元明曲体由于要更好更灵活地满足抒情、叙事、论理等诸多需要，故借用发展了词的形式，但不是纯粹的词，而是融入了民间语汇。词这种形式涵盖了一言、二言、三言、四言、五言、六言、七言、八言……乃至十多言的长短句式，因此利于表达变化莫测的情、事、理。从这个意义上看，莎士比亚剧文语言单位的参差不齐状态与中文词曲体句式的参差不齐状态正好有某种相互呼应的效果。

也许有人说，莎士比亚的剧文虽然是格律诗，但并不怎么押韵，因此汉诗翻译也就不必押韵。这个说法也有一定道理，但是道理并不充实。

首先，我们应该明白，既然莎士比亚的剧文是诗体，人们读到现今的散体译文或不押韵的分行译文却难以感受到其应有的诗歌风味，原因即在于其音乐性太弱。如果人们能够照搬莎士比亚素体诗所惯常用的音步效果及由此引起的措辞特点，当然更好。但事实上，原作的节奏效果是印欧语系语言本身的效果，换了一种语言，其效果就大多不能搬用了，所以我们只好利用汉语本身的优势来创造新的音乐美。这种音乐美很难说是原作的音乐美，但是它毕竟能够满足一点：即诗体剧文应该具有诗歌应有的音乐美这个起码要求。而汉译的押韵可以强化这种音乐美。

其次，莎士比亚的剧文不押韵是由诸多因素造成的。第一，属于印欧语系语言的英语在押韵方面存在先天的多音节不规则形式缺陷，导致押韵词汇范围相对较窄。所以对于英国诗人来说，很苦于押韵难工；莎士比亚的许多押韵体诗，例如十四行诗，在押韵方面都不很工整。其次，莎士比亚的剧文虽不押韵，却在节奏方面十分考究，这就弥补了音韵方面的不足。第三，莎士比亚的剧文几乎绝大多数是诗行，对于剧作者来说，每部长达两三千行的诗行行都要押韵，这是一个极大的挑战，很难完成。而一旦改用素体，剧作者便会轻松得多。但是，以上几点对于汉语译本则不是一个问题。汉语的词汇及语音构成方式决定了它天生就是一种有利于押韵的艺术性语言。汉语存在大量同韵字，押韵是一件很容易的事情。汉语的语音音调变化也比莎士比亚使用的英语的音调变化空间大一倍以上。汉语音调至少有四种（加上轻重变化可达六至八种），而英语的音调主要局限于轻重语调两种，所以存在于印欧语系文字诗歌中的频频押韵有时会产生的单调感，在汉语中会在很大程度上由于语调的多变而得到缓解。故汉语戏剧剧文在押韵方面有很大的潜在优势空间，实际上元明戏剧剧文频频押韵就是证明。

第三，莎士比亚的剧文虽然很多不押韵，但却具极强的节奏感。他惯用的格律多半是抑扬格五音步（iambic pentameter）诗行。如果我们在节奏方面难以传达原作的音美，或者可以通过韵律的音美来弥补节奏美的丧失，这种翻译对策谓之堤内损失堤外补，亦谓失之东隅，收之桑榆。我们的语言在某方面有缺陷，可以通过另一方面的优点来弥补。当然，笔者主张在一定程度上借鉴利用传统词曲的风味，却并不主张使用宋词、元曲式的严谨格律，而只是追求一种过分散文化和过分格律化之间的妥协状态。有韵但是不严格，要适当注意平仄，但不过多追求平仄效果及诗行的整齐与否；不必有太固定的建行形式，只是根据诗歌本身的内容和情绪赋予适当的节奏与韵式。在措辞上则保持与白话有一段距离，但是绝非佶屈聱牙的文言，而是趋近典雅、但普通读者也能读懂的语言。

最后，根据翻译标准多元互补论原理，由于莎士比亚作品在内容、形式及审美效应方面具有多样性，因此，只用一种类乎纯诗体译法来翻译所有的莎士比亚剧文，也是不完美的，因为单一的做法也许无形中堵塞了其他有益的审美趣味通道。因此，这套译本的译风虽然整体上强调诗化、诗味，但是在营造诗味的途径和程度上不是单一的。我们允许诗体译风的灵活性和创新性。多译者译法实际上也是在探索诗体译法的诸多可能性，这为我们将来进一步改进这套译本铺垫了一条较宽的道路。因此，译文从严格押韵、半押韵到不押韵的各个程度，译本都有涉猎。但是，无论是否押韵，其节奏和措辞应该总是富于诗意，这个要求则是统一的。这是我们对皇家版《莎士比亚全集》译本的语言和风格要求。不能说我们能完全达到这个目标，但我们是往这个方向努力的。正是这样的努力，使这套译本与前此译本有很大的差异，在一定的意义上来说，标志着中国莎士比亚著作翻译的一次大转折。

翻译突破：还原莎士比亚作品禁忌区域

另有一个课题是中国学者从前讨论得比较少的禁忌领域，即莎士比亚著作中的性描写现象。

许多西方学者认为，莎士比亚酷爱色情字眼，他的著作渗透着性描写、性暗示。只要有机会，他就总会在字里行间，用上与性相联系的双关语。西方人很早就搜罗莎士比亚著作的此类用语，编纂了莎士比亚淫秽用语词典。这类词典还不止一种。1995 年，我又看到弗朗基·鲁宾斯坦（Frankie Rubinstein）等编纂了《莎士比亚性双关语释义词典》（*A Dictionary of Shakespeare's Sexual Puns and Their Significance*），厚达 372 页。

赤裸裸的性描写或过多的淫秽用语在传统中国文学作品中是受到非议的，尽管有《金瓶梅》这样被判为淫秽作品的文学现象，但是中国传统的主流舆论还是抑制这类作品的。莎士比亚的作品固然不是通常意义上的淫秽作品，但是它的大量实际用语确实有很强的色情味。这个极鲜明的特点恰恰被前此的所有汉译本故意掩盖或在无意中抹杀掉。莎士比亚的所有汉译者，尤其是像朱生豪先生这样的译者，显然不愿意中国读者看到莎士比亚的文笔有非常泼辣的大量使用性相关脏话的特点。这个特点多半都被巧妙地漏译或改译。于是出现一种怪现象，莎士比亚著作中有些大段的篇章变成汉语后，尽管读起来是通顺的，读者对这些话语却往往感到莫名其妙。以《罗密欧与朱丽叶》第一幕第一场前面的 30 行台词为例，这是凯普莱特家两个仆人山普孙与葛莱古里之间的淫秽对话。但是，读者阅读过去的汉译本时，很难看到他们是在说淫秽的脏话，甚至会认为这些对话只是仆人之间的胡话，没有什么意义。

不过，前此的译本对这类用语和描写的态度也并不完全一样，而是依据年代距离在逐步改变。朱生豪先生的译本对这些东西删除改动得最多，梁实秋先生已经有所保留，但还是有节制。方平先生等的译本保留得更多一些，但仍然持有相当的保留态度。此外，从英语的不同版本看，有的版本注释得明白，有的版本故意模糊，有的版本注释者自己也没有弄懂这些双关语，那就更别说中国译者了。

在这一点上，我们目前使用的皇家版《莎士比亚全集》是做得最好的。

那么，我们该怎样来翻译莎士比亚的这种用语呢？是迫于传统中国道德取向的习惯巧妙地回避，还是尽可能忠实地传达莎士比亚的本真用意？我们认为，前此的译本依据各自所处时代的中国人道德价值的接受状态，采用了相应的翻译对策，出现了某种程度的曲译，这是可以理解的，是特定历史条件下的产物。但是，历史在前进，中国人的道德观已经有了很大的改变，尤其是在性禁忌领域。说实话，无论我们怎样真实地还原莎士比亚著作中的性双关描写，比起当代文学作品中有时无所忌讳的淫秽描写来，莎士比亚还真是有小巫见大巫的感觉。换句话说，目前中国人在这方面的外来道德价值接受状态，已经完全可以接受莎士比亚著作中的性双关用语了。因此，我们的做法是尽可能真实还原莎士比亚性相关用语的现象。在通常的情况下，如果直译不能实现这种现象的传输，我们就采用注释。可以说，在这方面，目前这个版本是所有莎士比亚汉译本中做得最超前的。

译法示例

莎士比亚作品的文字具有多种风格，早期的、中期的和晚期的语言风格有明显区别，悲剧、喜剧、历史剧、十四行诗的语言风格也有区别。甚至同样是悲剧或喜剧，莎士比亚的语言风格往往也会很不相同。比如同样是属于悲剧，《罗密欧与朱丽叶》剧文中就常常有押韵的段落，而大悲剧《李尔王》却很少押韵；同样是喜剧，《威尼斯商人》是格律素体诗，而《快乐的温莎巧妇》却大多是散文体。

　　与此现象相应，我们的翻译当然也就有多种风格。虽然不完全——一对应，但我们有意避免将莎士比亚著作翻译成千篇一律的一种文体。从这个意义上说，皇家版《莎士比亚全集》汉译本在某些方面采用了全新的译法。这种全新译法不是孤立的一种译法，而是力求展示多种翻译风格、多种审美尝试。多样化为我们将来精益求精提供了相对更多的选择。如果现在固定为一种单一的风格，那么将来要想有新的突破，就困难了。概括说来，我们的多种翻译风格主要包括：1）有韵体诗词曲风味译法；2）有韵体现代文白融合译法；3）无韵体白话诗译法。下面依次选出若干相应风格的译例，供读者和有关方面品鉴。

一、有韵体诗词曲风味译法

　　有韵体诗词曲风味译法注意使用一些传统诗词曲中诗味比较浓郁的词汇，同时注意遣词不偏僻，节奏比较明快，音韵也比较和谐。但是，它们并不是严格意义上的传统诗词曲，只是带点诗词曲的风味而已。例如：

女巫甲　　何时我等再相逢？

　　　　　　闪电雷鸣急雨中？

女巫乙　　待到硝烟烽火静，

　　　　　　沙场成败见雌雄。

女巫丙　　残阳犹挂在西空。　　　　　　（《麦克白》第一幕第一场）

小丑甲　　当时年少爱风流，

　　　　　　有滋有味有甜头；

　　　　　　行乐哪管韶华逝，

　　　　　　天下柔情最销愁。　　　　　　（《哈姆莱特》第五幕第一场）

朱丽叶　天未曙，罗郎，何苦别意匆忙？
　　　　鸟音啼，声声亮，惊骇罗郎心房。
　　　　休听作破晓云雀歌，只是夜莺唱，
　　　　石榴树间，夜夜有它设歌场。
　　　　信我，罗郎，端的只是夜莺轻唱。

罗密欧　不，是云雀报晓，不是莺歌，
　　　　看东方，无情朝阳，暗洒霞光，
　　　　流云万朵，镶嵌银带飘如浪。
　　　　星斗如烛，恰似残灯剩微芒，
　　　　欢乐白昼，悄然驻步雾嶂群岗。
　　　　奈何，我去也则生，留也必亡。

朱丽叶　听我言，天际微芒非破晓霞光，
　　　　只是金乌，吐射流星当空亮，
　　　　似明炬，今夜为郎，朗照边邦，
　　　　何愁它曼托瓦路，漫远悠长。
　　　　且稍待，正无须行色皇皇仓仓。

罗密欧　纵身陷人手，蒙斧钺加诛于刑场；
　　　　只要这勾留遂你愿，我欣然承当。
　　　　让我说，那天际灰朦，非黎明醒眼，
　　　　乃月神眉宇，幽幽映现，淡淡辉光；
　　　　那歌鸣亦非云雀之讴，哪怕它
　　　　嚣然振动于头上空冥，嘹亮高亢。
　　　　我巴不得栖身此地，永不他往。
　　　　来吧，死亡！倘朱丽叶愿遂此望。
　　　　如何，心肝？畅谈吧，趁夜色迷茫。

　　　　　　　　　　　　（《罗密欧与朱丽叶》第三幕第五场）

二、有韵体现代文白融合译法

有韵体现代文白融合译法的特点是：基本押韵，措辞上白话与文言尽量能够水乳交融；充分利用诗歌的现代节奏感，俾便能够念起来朗朗上口。例如：

哈姆莱特 死，还是生？这才是问题根本：

莫道是苦海无涯，但操戈奋进，

终赢得一片清平；或默对逆运，

忍受它箭石交攻，敢问，

两番选择，何为上乘？

死灭，睡也，倘借得长眠

可治心伤，愈千万肉身苦痛痕，

则岂非美境，人所追寻？死，睡也，

睡中或有梦魇生，唉，症结在此；

倘能撒手这碌碌凡尘，长入死梦，

又谁知梦境何形？念及此忧，

不由人踌躇难定：这满腹疑情

竟使人苟延年命，忍对苦难平生。

假如借短刀一柄，即可解脱身心，

谁甘愿受人世的鞭挞与讥评，

强权者的威压，傲慢者的骄横，

失恋的痛楚，法律的耽延，

官吏的暴虐，甚或默受小人

对贤德者肆意拳脚加身？

谁又愿肩负这如许重担，

流汗、呻吟，疲于奔命，

倘非对死后的处境心存疑云，

惧那未经发现的国土从古至今
无孤旅归来，意志的迷惘
使我辈宁愿忍受现世的忧闷，
而不敢飞身投向未知的苦境？
前瞻后顾使我们全成懦夫，
于是，本色天然的决断决行，
罩上了一层思想的惨淡余阴，
只可惜诸多待举的宏图大业，
竟因此如逝水忽然转向而行，
失掉行动的名分。　　　　　　（《哈姆莱特》第三幕第一场）

麦克白　若做了便是了，则快了便是好。
若暗下毒手却能横超果报，
割人首级却赢得绝世功高，
则一击得手便大功告成，
千了百了，那么此际此宵，
身处时间之海的沙滩、岸畔，
何管它来世风险逍遥。但这种事，
现世永远有裁判的公道：
教人杀戮之策者，必受杀戮之报；
给别人下毒者，自有公平正义之手
让下毒者自食盘中毒肴。　　　　（《麦克白》第一幕第七场）

损神，耗精，愧煞了浪子风流，
都只为纵欲眠花卧柳，
阴谋，好杀，赌假咒，坏事做到头；

心毒手狠，野蛮粗暴，背信弃义不知羞。

才尝得云雨乐，转眼意趣休。

舍命追求，一到手，没来由

便厌腻个透。呀恰，恰像是钓钩，

但吞香饵，管教你六神无主不自由。

求时疯狂，得时也疯狂，

曾有，现有，还想有，要玩总玩不够。

适才是甜头，转瞬成苦头。

求欢同枕前，梦破云雨后。

唉，普天下谁不知这般儿歹症候，

却避不得便往这通阴曹的天堂路儿上走！

(十四行诗第一百二十九首)

三、无韵体白话诗译法

无韵体白话诗译法的特点是：虽然不押韵，但是译文有很明显的和谐节奏，措辞畅达，有诗味，明显不是普通的口语。例如：

贡妮芮　父亲，我爱您非语言所能表达；

胜过自己的眼睛、天地、自由；

超乎世上的财富或珍宝；犹如

德貌双全、康强、荣誉的生命。

子女献爱，父亲见爱，至多如此；

这种爱使言语贫乏，谈吐空虚：

超过这一切的比拟——我爱您。(《李尔王》第一幕第一场)

李尔　　国王要跟康沃尔说话，慈爱的父亲

要跟他女儿说话，命令、等候他们服侍。

这话通禀他们了吗？我的气血都飙起来了！
火爆？火爆公爵？去告诉那烈性公爵——
不，还是别急：也许他是真不舒服。
人病了，常会疏忽健康时应尽的
责任。身子受折磨，
逼着头脑跟它受苦，
人就不由自主了。我要忍耐，
不再顺着我过度的轻率任性，
把难受病人偶然的发作，错认是
健康人的行为。我的王权废掉算了！
为什么要他坐在这里？这种行为
使我相信公爵夫妇不来见我
是伎俩。把我的仆人放出来。
去跟公爵夫妇讲，我要跟他们说话，
现在就要。叫他们出来听我说，
不然我要在他们房门前打起鼓来，
不让他们好睡。　　　　　（《李尔王》第二幕第二场）

奥瑟罗　诸位德高望重的大人，
　　　　我崇敬无比的主子，
　　　　我带走了这位元老的女儿，
　　　　这是真的；真的，我和她结了婚，说到底，
　　　　这就是我最大的罪状，再也没有什么罪名
　　　　可以加到我头上了。我虽然
　　　　说话粗鲁，不会花言巧语，
　　　　但是七年来我用尽了双臂之力，

直到九个月前，我一直
都在战场上拼死拼活，
所以对于这个世界，我只知道
冲锋向前，不敢退缩落后，
也不会用漂亮的字眼来掩饰
不漂亮的行为。不过，如果诸位愿意耐心听听，
我也可以把我没有化装掩盖的全部过程，
一五一十地摆到诸位面前，接受批判：
我绝没有用过什么迷魂汤药、魔法妖术，
还有什么歪门邪道——反正我得到他的女儿，
全用不着这一套。　　　　　（《奥瑟罗》第一幕第三场）

目 录

《亨利八世》导言

    《亨利八世》由莎士比亚与约翰·弗莱彻（John Fletcher）合著，是唯一一部创作于莎士比亚戏剧生涯后半期的英国历史剧，当时他的剧团的赞助人是国王詹姆斯一世（King James I）。该剧创作于对伊丽莎白女王（Queen Elizabeth）当政时期的怀旧氛围之中，当一个代表着新生的未来女王的玩偶被抱到舞台上时，表演达到了高潮，她作为"童贞凤鸟"统治英国的时代在台上被"预言"，她选中的继承人詹姆斯国王也受到赞颂。接下来她被描述为"所有君王的楷模"，而且她"将今天变成了庆贺之日"：如此措辞也表明了英国的天主教徒对圣母马利亚（Virgin Mary）的崇拜是如何转向了英国新教徒对童贞女王伊丽莎白的崇拜。

    上文所引之言出自公主的教父托马斯·克兰麦之口，此人以主导了英国宗教改革运动以及在血腥玛丽女王（Queen Mary）治下惨遭火焚成为殉道者而著名：这一情节设置将幼年的伊丽莎白与新教教义紧密联系起来。虽然最后一场是由弗莱彻执笔撰写，但克兰麦后来以"雪松"形象作为王室宗谱承传的象征，重述了莎士比亚在《辛白林》（*Cymbeline*）一剧中借主神朱庇特（Jupiter）之口所说的预言。然而，不同于莎士比亚早期的历史剧，《亨利八世》中的事件似乎不是按宿命论的意味来推演的，没有通过冥冥之中的上苍安排去建立新朝。其核心主要体现了宫廷生活的变幻。该剧的结构建立在人物命运看似随意的兴衰起落之上：白金汉事败身亡，安妮·博林却平步青云；沃尔西权倾一时，凯瑟琳王后则失宠被废；沃尔西失势倒台，克兰麦则荣登高位。而随着沃尔西的日薄西山，托马斯·克伦威尔却步步高升：在起伏不定的命运滑轮上，安妮·博林是那个决定升降的"砝码"角色。为了更好地呈现舞台戏剧效果，该剧颇为巧妙地对历史进行了压缩：在剧中，红衣主教沃尔西的败落和托马斯·莫尔（Thomas More）、托马斯·克兰麦和安妮·博林三人的崛起，是被当成单一事件来呈现的，而在历史现实中，这三个事件分别发生在1529年、1532年和1533年。沃尔西实际上死于1530年，安妮作为亨利的第二任王后接受加冕发生在三年后。

虽然立足于历史，但剧情起伏的模式与传奇剧类似，同样有情节的高潮与低谷，人物的分离与重聚，以及有形财产的占有与失去。该剧初演时剧名是《千真万确》（*All is True*），巧妙而讽刺地暗示了剧中某些奇幻事件，比如凯瑟琳王后所见的几乎不可能真实存在的梦幻景象。莎士比亚和弗莱彻或许是特意在这部剧目中融入了传奇剧的精髓，使其大大不同于理查王和亨利王系列其他剧目中所呈现的艰辛世界，以使剧作处于安全区内，这是因为《亨利八世》所描述的历史事件——即英国脱离罗马教廷，而亨利八世休掉了凯瑟琳，娶安妮·博林代之——仍然存有争议。剧情的关键是作为国王和教皇之间联系人的沃尔西的失势垮台。人们不再通过此事评判宗教改革运动正确与否，而是对命运的无常和对仰仗"君恩"的无效性进行总体反思。在18至19世纪的舞台上，《亨利八世》大受欢迎。部分原因在于该剧展现了加冕礼的盛大场面，以及其他典礼和宫廷事务场景，但还有一个原因是有沃尔西出场的盛大而精彩的舞台片段为演员提供了表现机会："再会？应该是和我的尊贵荣耀说永别了……"

　　莎士比亚在伊丽莎白时代的历史剧大多以战争为主题，有的是国内战争，有的是在法国境内的战争，还有为争夺王位引发的战争。这些历史剧创作于战争期间，当时伊丽莎白王位继承人的问题深深地困扰着整个国家。对照之下，《亨利八世》是在经历了数年和平之后创作的。的确，国王詹姆斯认为自己是国际和平的缔造者。而且，他是一位已婚国王，虽然长子亨利王子（Prince Henry）在 1612 年 11 月的早逝给国人带来了忧伤，但人们无需担忧王位继承的问题。国王的女儿伊丽莎白公主（Princess Elizabeth）嫁给了巴拉丁选侯腓特烈（Frederick the Elector Palatine）——欧洲大陆最杰出的新教统治者。婚礼被推迟至 1613 年 2 月，以免受亨利王子葬礼的影响。《亨利八世》创作于婚礼后的几个月，因而剧中包含了王室的一场葬礼和一个婚礼。

　　虽然公主被许配给了新教信徒，但英国国内仍然存在对罗马天主教势力有可能复活的担心：詹姆斯的王后信仰什么教派是公众关注的问题，与此相关的传闻四处纷起。除此之外，由于多个派别间的权力角逐，人们对宫廷宠臣的担心也普遍存在。从詹姆斯执政之初浩浩荡荡进入伦敦时起，新的宫廷就一直通过富丽堂皇的宫廷盛典展示其力量。在这方面剧院发挥了重要作用。国王、王室成员和廷臣们都积极参加假面剧表演，不仅如此，莎士比亚和他的同事们的剧团在成为国王剧团后，还经常奉召去宫廷演出。所有这些都在《亨利八世》中有所体现，使其成为一出典型的詹姆斯一世时期戏剧。

　　体现皇家权威的不仅有宫廷盛典，还有对谋取私利之廷臣的无情裁撤。白金汉评价约克时曾说："他野心勃勃，／谁的事都想染指。"这一评价也适用于该剧中任何一个为攫取高位而削尖了脑袋投机钻营的廷臣。在第三幕中有一条舞台提示，既适用于戏剧世界，也适用于莎士比亚率剧团演员在宫廷演出时所处的环境："国王向红衣主教蹙眉而视，下；众贵族随下，讪笑低语"。

　　此剧触及了一个不容回避的问题：君王的个人权威是不是绝对的。为了取悦宫廷的观众，莎士比亚和弗莱彻有必要根据一条正面的主线来塑造亨利八世这一人物，但在剧中的某些时刻，似乎也加入了对君王良心加以评判的内容。具体地说，通过"刺痛"[1]和"难掌控"[2]等一系列双关字眼，表明他的政策固然是出乎治国安邦之意愿，但亦决于其性欲之冲动。很明显，国王在对安妮的关系上失于"节制"，而此为新教之大德。在最基本的结构层面，剧中对两位王后的展现与新教主义的国家意识形态之间是有冲突的。阿拉贡的凯瑟琳是一位信奉天主教的王后，她几乎被塑造成一名能看到显圣之象的圣徒，而引发宗教改革运动的安妮，只是作为宣泄性欲的对象略有提及。同样，虽然大法官托马斯·莫尔爵士在剧中戏份不多，但剧中对他后来因虔信天主教而殉难作了明确的暗示：

　　　　但他是个博学之人。愿他长久地

　　　　得到君王的宠幸，讲真理，凭良心

　　　　克行公正，当他走完人生路、长眠于

　　　　祝福声中之时，愿他的骸骨领受一掬

　　　　孤儿泪，葬于陵墓之中。

　　莎士比亚的晚期戏剧有一个共同的特点，即迷恋于诗体语言所指向的非常不同的目的。精妙的修辞，甜蜜的辞藻，揭示了语言艺术如何成为获取晋升和谋求权力的工具。语言既是上升之阶，又是脱困之法："最

---

1 "刺痛"原文为 prick，性双关语。——译者附注
2 此处应是引自原文第三幕第二场 Our hard-ruled king。其中 hard-ruled 字面意思是"难以掌控"，亦有"勃起"的性暗示。——译者附注

敬畏的君王，请让我／就整件事解释一下。"除此之外，剧中还表现了一种抽身而出、从宫廷斗争中退隐的哀婉诗性。一个人在政治风云诡谲动荡的世界中如何求得内心的宁静？廷臣们在学习塞内加[1]式的忍耐艺术方面，以及在运用独白和自省的方法与政治命运达成妥协方面，都有不同程度的成功。凯瑟琳王后则更加独特，她有一个通灵显圣的超验经历。但这样的体验在片刻之后便结束了，精灵们散去，好比《暴风雨》(*The Tempest*) 中普洛斯彼罗 (Prospero) 的假面舞会的终场："和平的精灵们，你们在哪里？你们都走了？／留下我一个人受苦受难吗？"

　　平民之声在《亨利四世》(*Henry IV*) 和《亨利五世》(*Henry V*) 中占有重要戏份，却不见于《亨利八世》。他们质朴的散文体语言如一根根利刺，能穿透矫揉造作的宫廷语言的气泡。正如在《冬天的故事》(*The Winter's Tale*) 中那样，绅士们被带到舞台之上，充当见证人的角色。但此剧中没有《冬天的故事》中牧羊人和小丑那样的底层阶级角色。唯一的一段散文体对白出现在最后一场，由在房门紧闭的会议室里听着外面那些小年轻的喧哗之声的门官说出。他说："这些就是在剧院里吼声如雷、为了啃剩的苹果核大打出手的青年。"对莎士比亚和弗莱彻心目中的观众群体而言，这或许是有所指的。观众群体有三——宫廷人士，黑衣修士剧场的选邀人士，还有花一个便士就可站在环球剧场的院子里看戏的公众——前两类观众更能引起他们的兴趣。但该剧确实探究了出身低微者的心态，是在克伦威尔、尤其是沃尔西——他原本是乡下屠夫的儿子——之类的平民变成"大人物"，引起生来就袭得高位的公爵和伯爵老爷们的愤恨之时。在某种程度上，莎士比亚——一个与屠夫为伍的乡下手套制作商的儿子——是在反思他自己不凡的晋升之路。对比之下，弗

1　塞内加（Seneca，约公元前4—公元65）：古罗马政治活动家、哲学家，主张人应该忍受命中注定的各种痛苦和灾难。——译者附注

莱彻出身于更高的社会阶层；他和博蒙特（Beaumont）[1] 虽然也为公众剧场撰写剧本，但总是特别关注宫廷观众的趣味。

或许，当该剧在黑衣修士剧场上演时，就已引起特别的轰动，因为这里正是审判凯瑟琳王后的场所。但毫无疑问的是，《亨利八世》写完后不久，也在环球剧场上演过。在 1613 年 6 月的演出中，第四场火炮发射之后，剧院失火焚毁了。现在尚存几份描述火灾情况的文件，其中一份由外交官亨利·沃顿爵士（Sir Henry Wotton）撰写，他在报告火灾的同时，对该剧也有独到的解读：

> 现在，先不管国事，我先说一下本周在岸边区发生的事，以博阁下一笑。国王剧团排了一出新剧，叫《千真万确》，反映的是亨利八世当政期间的一些大事，场面宏大，布景豪华，就连舞台的地面铺设都照顾到了；骑士团成员都佩戴着圣乔治十字架和嘉德勋章，卫兵们都穿着绣花的制服，不一而足：总之足以将壮观场面表现得十分逼真，如果不是十分可笑的话。现在，亨利国王戴着面具出现在红衣主教沃尔西的府邸，他进场时，有火炮发射，一些纸片，或其他什么物件，把屋顶点着了，开始有人认为只是一点小烟，他们的眼睛还是盯着舞台上的表演，但火从内部燃起，很快向四面扩大，不到一个小时，就把整幢房子烧为平地。这座坚固建筑的外部框架毁于一旦，但内部只是烧光了木料和草胚，以及几件忘了拿走的大衣；只有一个人的马裤着火了，如果他不是灵机一动用一瓶啤酒浇灭，他是可能会被烤熟的。

---

1 即弗朗西斯·博蒙特（Francis Beaumont，1584—1616），英王詹姆斯一世时期剧作家，常与约翰·弗莱彻合作。——译者附注

沃顿的记载显示了国王剧团是多么用心且努力地打造了舞台的"豪华和盛大":从舞台地面的铺设,到服饰上的嘉德勋章和圣乔治十字架,所有一切都是"为了让盛大场面十分逼真"。然而有趣的是,把通过白厅和威斯敏斯特的皇家游行队列放在位于南沃克区边缘地带、铺设着茅草屋顶和席子地面的剧院舞台上机巧地呈现,似乎也让皇家的盛大场面有了些许荒诞之处。这种对国家王权的内在戏剧性的呈现正表现了它的浅薄,表现了王权如同戏剧舞台一般的对表演机制的依赖。沃顿的洞察不仅充当了《亨利八世》的收场白,而且为莎士比亚的整个英国历史剧系列完美作结:在他的舞台上,英格兰人民首次对英国的伟大人物谙熟在心,同时,通过笑声和争论,他们也逐渐学会了不再如以前那般敬畏高官显贵。在环球剧场的舞台上见证了诸多公卿贵族乃至君主帝王走向没落之后,他们已经做好了准备,四十多年后,他们会在白厅搭起断头台,亲眼看到利斧落下,一位真正的国王查理一世(Charles I)身首异处。

参考资料

作者:该剧由莎士比亚和约翰·弗莱彻合著。不管是第一对开本还是同时代的参考资料,皆未提及该剧为合著作品,但对该剧文本的诸多从文体风格角度入手的研究——最早的研究成果发表于1850年——表明,该剧确系二人合著。艾尔弗雷德·丁尼生爵士(Alfred Lord Tennyson)是第一个认识到另一著者是弗莱彻的人。通过分析某些用语习惯(比如you和ye、them和'em)和诗体表现手法(比如停顿的方式、弱音的结尾形式、五音步诗行多余单音节的处理)的差异,可以很明显且毫无异议地将该剧各幕各场内容的创作者作以下交替式的清晰区分:

第 1 幕第 1 场、第 2 场	莎士比亚
第 1 幕第 3 场、第 4 场，第 2 幕第 1 场、第 2 场	弗莱彻
第 2 幕第 3 场、第 4 场	莎士比亚
第 3 幕第 1 场	弗莱彻
第 3 幕第 2 场开头至第 94 页"愿你还有胃口。"	莎士比亚
第 3 幕第 2 场第 94 页"这是什么意思？"至末尾，	
第 4 幕第 1 场、第 2 场	弗莱彻
第 5 幕第 1 场	莎士比亚
第 5 幕第 2 场、第 3 场、第 4 场	弗莱彻

开场诗和收场白：或许由弗莱彻撰写，但因篇幅太短，统计分析不足为凭。

某些学者认为第 2 幕第 1 场及第 2 场、第 3 幕第 2 场的后半部分、第 4 幕第 1 场及第 2 场最初由莎士比亚撰写，后弗莱彻作了修订。

标题：环球剧场失火后（参见下文的"创作年代"），当时的三份对此剧早期演出的记录提到该剧时皆称之曰《千真万确》；另一家称之为《亨剧：8 世》（the play of Hen: 8）。这表明，在最初宣传此剧时，是按照"千真万确：国王亨利八世之显赫历史"这条线来宣传的，但对开本的编辑们选择将标题简化为《亨利八世之显赫历史》（*The Famous History of the Life of King HENRY the Eight*）。

剧情：诺福克公爵向白金汉讲述了亨利八世与法国国王弗朗索瓦一世（François I）在金缕地会见的盛况。在红衣主教沃尔西的煽动下，白金汉因严重叛国罪被捕。王后打断对白金汉的控诉会，要求国王废除由沃尔西征收的旨在资助对法战争的税收。在一场由沃尔西举办的舞会上，亨利遇到了安妮·博林并爱上了她。白金汉被审判并被处死。诺福克公爵和萨福克公爵欲使国王对沃尔西反目而不得。亨利八世质疑他与凯瑟琳婚姻的合法性，组建了一个法庭，由沃尔西和教皇代表、红衣主教坎丕阿斯主持。安妮·博林被封为彭布罗克女侯爵。凯瑟琳走出法庭，要求该案在罗马裁决。沃尔西和坎丕阿斯意欲说服王后接受国王的旨意，终失败。安妮秘密嫁给了亨利八世。由诺福克公爵和萨福克公爵合谋贬黜沃尔西的计划得逞，沃尔西倒台。克兰麦被任命为坎特伯雷大主教。凯瑟琳被废失去后位，安妮·博林加冕成为王后。凯瑟琳获知沃尔西的死讯，她本人也随后死去。安妮产下一女，即后来的伊丽莎白女王。温切斯特主教斯蒂芬·加德纳试图指控克兰麦为异教徒，在亨利八世的干预下未果。伊丽莎白受洗，克兰麦预言在她统治下英国将迎来辉煌时代。

主要角色：（列有台词行数百分比/台词段数/上场次数）亨利八世（14%/81/9），红衣主教沃尔西（14%/79/7），凯瑟琳王后（12%/50/4），诺福克公爵（7%/48/5），白金汉公爵（6%/26/2），宫内大臣（5%/38/7），托马斯·克兰麦（4%/21/4），萨福克公爵（3%30/4），加德纳（3%/22/3），萨里伯爵（3%24/2），托马斯·洛弗尔爵士（2%21/4），老妇人（2%/14/2），管家（2%/9/1），葛利菲斯（2%/13/2），安妮·博林（2%/18/2），红衣主教坎丕阿斯（2%/14/3），托马斯·克伦威尔（2%/21/2），山兹勋爵（2%/17/2）

语体风格：诗体约占98%，散体约占2%。

创作年代：1613年。1613年6月29日，最初修建的环球剧场在上演该剧期间发生火灾焚毁。亨利·沃顿爵士在当时的一封书信中将该剧描述为"一出新剧"。

取材来源： 主要以霍林谢德（Holinshed）的《编年史》（*Chronicles*）第三卷为据，很可能参考的是 1587 年出版的版本；第五幕中斯蒂芬·加德纳的片段取自约翰·福克斯（John Foxe）恶意攻击天主教的著作《事迹与丰碑》（*Actes and Monuments*，或为 1583 年版）；约翰·斯托（John Stow）的《编年史》（*Annals*, 1592 年）和约翰·斯皮德（John Speed）的《大英帝国戏剧》（*Theatre of the Empire of Great Britain*，1611 年）似乎亦有参考。早期为庆祝亨利八世的某个孩子出生而排演的一出剧或许对此剧也有影响，该剧由塞缪尔·罗利（Samuel Rowley）创作，名为《乍见之下便相知，或国王亨利八世之显赫编年史，暨威尔士王子爱德华的降生及荣耀生平》（*When you see me, You know me. Or the famous Chronicle Historie of king Henrie the eighth, with the birth and vertuous life of Edward Prince of Wales*，1605 年）。

文本： 第一对开本是唯一的早期剧本。印刷精美，很可能由作者手稿誊抄本付梓印刷而来。

乔纳森·贝特（Jonathan Bate）

亨利八世

开场诗 / 收场白致辞者

亨利八世

（阿拉贡的）**凯瑟琳王后**，亨利的第一任妻子，后被
　废成为寡妃[1]

红衣主教沃尔西，大法官，约克大主教

安妮·博林，后成为王后，亨利的第二任妻子

红衣主教坎丕阿斯，教皇特使

托马斯·克兰麦，后成为坎特伯雷大主教

斯蒂芬·加德纳，国王秘书，后成为温切斯特主教

林肯主教

宫内大臣

大法官，沃尔西被免职后就任[2]

托马斯·克伦威尔，沃尔西的仆从，后成为国王枢
　密院的秘书

白金汉公爵

诺福克公爵

萨福克公爵

1　凯瑟琳王后的第一任丈夫是亨利八世的哥哥威尔士王子亚瑟（Arthur, Prince of Wales），亚瑟
　死后凯瑟琳又嫁给了亨利八世，故凯瑟琳被废后亨利八世给了她"寡妃"（Princess Dowager）
　的封号。——译者附注

2　本剧第 3 幕第 2 场中宣布托马斯·莫尔爵士被任命为大法官，取代沃尔西的位置；但据历史
　记载，莫尔在安妮·博林加冕为王后前即已辞职，故在本剧第 4 幕第 1 场参加典礼游行和在
　第 5 幕第 2 场出场发言的大法官应为托马斯·奥德利爵士（Sir Thomas Audley），但本剧并未
　提及他的名字。

萨里伯爵，白金汉之婿

阿伯加文尼勋爵，白金汉之婿

山兹勋爵

托马斯·**洛弗尔爵士**

亨利（哈利）·**吉尔福德爵士**

尼古拉斯·**沃克斯爵士**

安东尼·**丹尼爵士**

葛利菲斯，凯瑟琳的导引官

（唱歌的）**侍女**，凯瑟琳的侍女

佩慎丝，凯瑟琳的侍女

老妇人，安妮的朋友

沃尔西的**秘书**

勃兰登

法庭警官

白金汉**公爵的管家**

三绅士

法庭书记官

法庭传呼员

枢密院**看门人**

金莫顿城堡**信差**

加德纳的**侍童**

勃茨医生，国王御医

门官及其仆人

嘉德司礼官

伦敦市长

多塞特侯爵

多塞特侯爵夫人

诺福克公爵老夫人

卫兵、法警、戟士、秘书、书记、主教、
 牧师、绅士、教堂司事、市参议员、
 贵族、贵妇、女人、精灵、仆从数人

开场诗

致辞者上

在此我不想逗诸位发笑，
且将凝重剧情如实相告：
该剧内容严肃震撼感人，
场景不凡，令观者潸然。
如果认为此剧生动曼妙，
大可将同情泪在此洒抛，
该剧值得诸君掀动衷肠，
掏腰包只为来一睹真相。
若诸君只来看一二场景，
会觉得这出戏大概还行。
若诸君静落座耐心细看，
我保证两小时妙趣盎然[1]。
若有人不惜花费一先令[2]，
只为听插科打诨弄闲情，
或者听盾牌铿然两相叩，
或者看小丑戏彩作噱头。
若怀此心，诸位恐失望，
因该剧上演，涉及真相；
若台上小丑蹿跳兵戈起，
反显得编剧者顾此失彼，
果若将堂堂正史演闹剧，

---

1 这部戏的演出时间大约为两小时。
2 当时在剧场观剧，一些最好的座位票价为一先令。

懂戏者自将会离此而去。
诸君乃全城最佳懂戏者，
故此间频将赘语来诉说：
请诸君听我一言怀恻隐，
且想象剧中角色皆真人，
一个个官位高高权势重，
招惹得亲信如云相影从；
看吧，背运之日转眼至，
倒落得失势权贵惨兮兮；
谁观此景尚觉快活可笑，
他新婚之日当悲伤哭泣。　　　　　　下

第 一 幕

第一场 / 第一景

伦敦，宫廷

诺福克公爵从一门上。白金汉公爵和阿伯加文尼勋爵从另一门上

白金汉　　　早安，幸会。自上次在法兰西谋面，
　　　　　　您近来如何？

诺福克　　　多谢大人垂问。
　　　　　　体健无恙，自那时起，
　　　　　　我时常对在彼地所见仰慕不已。[1]

白金汉　　　当两位太阳般荣耀的人间君王
　　　　　　在安德里峡谷会晤时，
　　　　　　我不巧突发高烧，
　　　　　　囚徒般待在卧房之内。

诺福克　　　会晤地点在吉讷和阿德尔[2]之间：
　　　　　　我当时在场，看二君先是在马上致意，
　　　　　　下马后又互相拥抱，
　　　　　　拥抱甚紧，如同长在一起一般，
　　　　　　果若如此，四个在位之王
　　　　　　如何敌得过这一对合体之君？

白金汉　　　全部的这段时间

1　诺福克指的是亨利八世与法国国王弗朗索瓦一世在金缕地（the Field of the Cloth of Gold）的
　　会晤。
2　吉讷和阿德尔（Guînes and Ardres）：法国北部加来（Calais）附近两城镇。

    我都囚徒般待在卧室之内。

诺福克 那么您错过了

    世间荣耀盛景。可以说，

    在此之前，皇家的排场独一份，

    但现在却是珠联璧合。日复一日，

    荣华递增，直到最后，

    排场之盛，无以复加。今天，法国人

    穿金戴银，熠熠生辉，如同异教的神祇，

    令英国人黯然失色；而明天，英国人会

    把不列颠变成富庶的印度，每个人站在那里

    都像是一座金矿。他们矮小的侍童

    一个个珠光宝气，宛若天使；不惯劳作的

    夫人们，也因盛装穿戴

    而香汗淋漓，面色绯红，

    如抹胭脂。今晚的假面舞会

    被称为无与伦比，第二天的晚会却立即令它

    相形见绌。两位君王，

    威仪相当，难分高下，

    不管哪一位露面，都会受到

    赞扬，若二王同时现眼前，

    无人敢鼓唇摇舌强分判，

    只说所见一模一样。这两个太阳——

    人们如此称呼他们——通过传令官

    命令高贵的武士比武较量，他们武艺之高

    匪夷所思，由此先前贝维斯[1]的

---

1 即汉普顿的贝维斯（Bevis of Hampton），系英格兰早期传说中的英雄人物，以骑士精神和武
 艺超凡著称。

	传言再度重现， 令人确信不疑。
白金汉	啊，您夸大其词了。
诺福克	我出身名门贵族， 崇尚诚实，对当时的情景， 无论怎样善加描绘，都有所逊色， 都难以呈现原本。一切恢弘无比， 准备停停当当，无可挑剔； 安排井井有条。官员们 恪尽其职。
白金汉	究竟是谁在指导—— 我的意思是，是谁把这一盛大的场面 操持得整齐划一，你猜得出吗？
诺福克	调度此事肯定不是 他的分内之事。
白金汉	请问他是谁，大人？
诺福克	一切由睿智的约克红衣主教[1] 指挥调度。
白金汉	该死的！他野心勃勃， 谁的事都想染指。兹事体大， 然与他何干？奇怪的是， 如此硕大的一块肥脂，[2] 竟然屏蔽旭日的光辉，[3]

1 约克红衣主教（Cardinal of York）：即沃尔西。
2 如此硕大的一块肥脂：影射沃尔西为屠夫之子，也暗指沃尔西块头硕大。
3 旭日的光辉（the rays o'th' beneficial sun）："旭日"指的是亨利八世。

不让其照耀大地。

诺福克 当然，大人，

其人禀赋所在，助其达成目的。

既未蒙祖荫，荣升无路，

也未为君王建立功绩，还未能

结交权贵，只能如蜘蛛一般，

凭借一己之丝布局结网，

他曾告诉我等，

他凭上天所赐的个人力量

谋取出路，终于博取到

仅次于国王的位置。

阿伯加文尼 我不知

上天赐予了他什么——让某些聪明之人

去刺探此事吧——但我看得出，

他全身透着傲慢，如果不是来自地狱，

他的傲慢来自何处？魔鬼如此吝啬，[1]

或者已全部送出，他[2]开始

在自己身上新建一个地狱。

白金汉 啊，这个魔鬼，

这次出行法国，何以由他

擅自拟定随行人员，

而国王并不知情？

他列出的随行显贵，

大都所获荣誉甚少，

---

1 如果不是……魔鬼如此吝啬：西人认为傲慢来自魔鬼。——译者附注
2 他（he）：指沃尔西。

他只是想让其承担巨额花费。
凭他一纸命令，被他拟定之人
便不得不去，枢密院竟被漠然忽略。

阿伯加文尼　我确知，
我至少有三位亲友
为此弄得生计维艰，
再不能像从前那样丰裕。

白金汉　　　啊，许多人
为了这次盛大的出行，不惜变卖家产添置行装，
负担巨大，脊背压垮。除了一些无益的交谈，
这次愚蠢的铺张
又有何意义可言？

诺福克　　　我思之神伤，
法国和我们之间取得的和平
远抵不过我们的大肆铺张。

白金汉　　　在随后发生的
狂风骤雨之后，每个人都
心有所感，不约而同，
得出了一个共同的预言：
这场暴风雨浇湿了和平的外衣，
预示着变故突生。

诺福克　　　端倪已经初显，
因为法国已经毁约，在波尔多
扣留了我们的货物。

阿伯加文尼　是不是因为此事，
大使已被软禁？

诺福克　　　圣母马利亚在上，正是。

阿伯加文尼　　名义上冠冕堂皇的和平，
　　　　　　　　竟要付出如此高昂的代价。

白金汉　　　　哼，所有这一切
　　　　　　　　都是由我们可敬的红衣主教操持而成。

诺福克　　　　大人勿怪，
　　　　　　　　掌国者已经注意到您和主教之间
　　　　　　　　存在着私人分歧。我建议您——
　　　　　　　　同时也是出自希望您
　　　　　　　　尊荣安全的本心——留心主教的
　　　　　　　　敌意之时，还应估计其实力，
　　　　　　　　进一步考虑到，
　　　　　　　　他深恨之下所要达成之事，
　　　　　　　　自不乏手下为他办理。他的本性是睚眦必报，
　　　　　　　　这您是知道的；而且我知道，
　　　　　　　　他的剑锋甚利，据说长剑所指，
　　　　　　　　无不触及，即便在难以达到的地方，
　　　　　　　　他也会投剑痛击。把我的劝告记在心里，
　　　　　　　　这会对您有益。快看，我劝您躲避的
　　　　　　　　那块岩石过来了。

红衣主教沃尔西上，其前一人捧玺囊；若干卫兵与二位手持文件的秘书随上。
红衣主教经过之时，与白金汉对视，均有轻蔑之意

沃尔西　　　　白金汉公爵的管家，嗯？
　　　　　　　　他的供述呢？

秘书　　　　　禀大人，在这里呢。

沃尔西　　　　他本人准备好了吗？

秘书　　　　　是的，大人。

沃尔西　　　　好，我们还要获知更多的内情，

白金汉将不会如此趾高气扬了。　　　红衣主教与其扈从下

白金汉　这个屠夫养的狗杂种真是尖牙利齿，

我没有能力钳住他的嘴，

那就最好不要去招惹他。

乞丐有学问，贵族让三分。

诺福克　什么？您发怒了吗？

请求上帝让您保持忍耐，

这是对您病症的唯一良药。

白金汉　我从他的神情看出，

他怀恨于我，而且他的眼睛

也透露出他在跟我作对，

此时他要对我耍奸计；他见国王去了，

我要跟了去，与他针锋相对。

诺福克　且慢，我的大人，

切莫动气，理智地反躬自问，

您要干什么事。欲爬陡坡，

先要放慢脚步。愤怒如同

暴躁的烈马，若不加遏制，

定然力竭神疲。在英格兰，

没人像您那样劝我；您怎么劝朋友，

就怎么劝自己吧。

白金汉　我要去见国王，

要从我尊贵的口中宣说

这个伊普斯威奇[1]家伙的傲慢，

否则我就要宣称尊卑失序。

1　伊普斯威奇（Ipswich）：英格兰东部萨福克（Suffolk）郡的小镇，沃尔西的出生之地。

诺福克	您要当心， 不要为您的敌人把炉火烧得太热， 以免它烫伤您自己。我们奔跑太快， 反而因跑过了头 而导致失败；岂不知， 烈火熊熊，使水沸腾， 貌似让水上涨横溢，实则消耗水量。要当心， 我再说一遍，如果您能用理智之水 去浇灭感情的烈火， 没有哪一个英国人 比您自己更能给予您有力的指引。
白金汉	大人， 我对您深表谢意，我将按您的 劝告行事；但这个高傲的家伙—— 我指控他并非出于私怨， 而是本乎真诚的动机——根据密报， 且有证据历历，宛如七月间 清流中的砾石，无不令我确信 他贪污腐化，谋逆叛国。
诺福克	不要说"谋逆叛国"。
白金汉	对着国王我也要说，而且我的指控 会像岸边礁石一般坚不可摧；注意，这个披着 神圣外衣的狐狸，或者恶狼，或者兼而有之—— 因为他既贪又猾，贼心恶胆， 兼而有之，邪念与高位彼此倚重， 共逞其奸，是的，相互配合—— 正是为了在法国，如同在英国，显示

其煊赫不凡，他怂恿我们的君主

去搞了这场奢华的会晤，

耗费掉了巨额的资财，

如同一个杯子，在洗刷时应手而碎。

诺福克 是的，的确如此。

白金汉 请听我讲下去，大人，这个狡猾的红衣主教

仅凭自己的意愿

拟定合约的条款，凭他一句

"就这样吧"，于是就获批准，而其效果

无异于将一根拐杖奉于死人。但我们的红衣主教大人

已经做了，不错，因为了不起的沃尔西

是不会有错的，他做了。随之而来的是——

就我看来，是连番的叛国，

如同母狗生崽一般——查理皇帝[1]

假装来看王后，他的姨母——

实际上这是托辞，他来此

不过是和沃尔西密谋——这便是为何他来此访问，

他担心英王和法王之间的

会晤一旦达成一致

将对他不利，因为从该合约之中

他已窥出对他的威胁。他秘密地

跟我们的红衣主教交接，我相信——

我所言非虚，因为我确信，皇帝先付以重金，

然后他允诺效命，因此，他尚未提出任何要求，

---

1 查理皇帝（Charles the Emperor）：指神圣罗马皇帝查理五世（Charles V），阿拉贡的凯瑟琳的外甥。

便已得到应允——只等到路途打通，
且由黄金铺就，皇帝便要求
他改变国王的方略，
毁掉缔结的合约。我要立刻
让国王知晓，红衣主教凭一己之私
不惜拿王室的荣耀
随意买卖。

诺福克　　听了你所说的，
我深表难过，我希望
他是被误会了。

白金汉　　不，一点也没有误会，
以后自有证据，
必证明我所言不虚。

一法庭警官引勃兰登上，二三名卫兵随上

勃兰登　　警官，请执行警务吧。

法庭警官　（对白金汉）大人，
白金汉公爵大人，还有赫特福德伯爵、
斯塔福德伯爵和北安普敦伯爵，
我以国王的至尊名义，
以严重叛国罪逮捕三位。

白金汉　　大人，您看见了吧，
罗网已经向我落下，在阴谋陷害之下
我要命丧身殒了。

勃兰登　　在此时，
亲眼见您失去自由，
我很难过。这是王上的旨意，
您要到伦敦塔去。

白金汉	我申辩自身清白 将于事无补，因为我含冤蒙难的 日子已经来临。无论此事， 还是所有的事，都听天由命吧，我遵从便是。 啊，阿伯加文尼大人，就此别过吧。
勃兰登	（对阿伯加文尼）不，他必须陪你同往。—— 国王也令你同去伦敦塔，听候 他的发落。
阿伯加文尼	正如公爵所说， 听天由命吧，国王有令， 我无不遵从。
勃兰登	这里还有一张国王签署的拘捕令， 要逮捕蒙太古勋爵，还有 公爵的告解神父约翰·德拉卡尔， 还有一位吉尔伯特·珀克，他的秘书——
白金汉	看看吧， 这些就是阴谋所牵主要人员了；我希望再无他人了吧。
勃兰登	还有加尔都西会的一位修道士。
白金汉	啊，是尼古拉斯·霍普金斯吗？
勃兰登	是他。
白金汉	我的管家出卖了我，权势熏天的红衣主教 用金钱收买了他。我的日子已经屈指可数。 我真形已失，变成了可怜的 白金汉的影子，只因目前的乌云 已遮蔽了我旭日的光辉。大人，别了。

众人下

第二场 / 第二景

号筒声。国王亨利八世倚靠红衣主教沃尔西的肩膀上，众贵族、沃尔西的秘书
与托马斯·洛弗尔爵士随上；红衣主教在国王右侧脚下落座

亨利八世　　　爱卿忠诚护朕，

朕满身满心感谢。全副武装的阴谋者

竟然将朕当成了戕害的目标，

感谢爱卿阻止了此事。

把白金汉的管家带到朕的面前，

朕要亲自听审，明确口供，

再令他逐一陈述他主人的

叛国罪行。

幕内喊："诺福克公爵引王后驾到！"凯瑟琳王后、诺福克与萨福克上；王后跪
下。国王自御座起身，将王后扶起，亲吻她之后，让她坐于身旁

凯瑟琳王后　　不，我要多跪一会，我是来求情的。

亨利八世　　　平身，在朕身边就座。（王后走到亨利八世身边）

你有一半的请求

不必对朕言明，朕的权力有你的一半；

在你开口之前，另一半的请求已经获准。

说出你的心愿，然后遂愿便是。

凯瑟琳王后　　多谢陛下。

请您爱惜自身，爱惜之际

切莫因一时失察，

令您的名誉和尊严受损，

我的请求就是这些。

亨利八世	朕的王后，请继续说。
凯瑟琳王后	为数不少的忠良之士
	向我申诉，说您的臣民
	正蒙受苦难。征税令已经颁布，
	令对国王忠心耿耿之人
	深受伤害；虽然怨怒之辞
	主要针对的是您，征税的
	始作俑者，我好心的红衣主教大人，
	但我们的主上——
	愿上天保佑我主的名誉不被污损——
	恐他也难逃詈骂，
	是的，人们凶暴不法，
	几乎有巨大叛乱的迹象。
诺福克	不是"几乎有"，
	而是已经出现，因为自征税以来，
	所有纺织业受损严重，
	其雇员生计维艰，业主被迫
	将纺工、梳工、漂工和织工尽行解雇，
	他们别无谋生之法，为饥饿所迫，
	无依无靠，忍无可忍，
	只得铤而走险，聚众作乱，
	其间危机四伏。
亨利八世	征税？
	在何处征税，征什么税？红衣主教大人，
	你与朕都难辞其咎，
	你知道征税之事吗？
沃尔西	禀告陛下，

臣下在朝班中仅限位次列辅臣之首，
对所有国事
都只略知一二。

凯瑟琳王后　是吗，大人？
你知道的不比别人多？但人所共知
之事却由你来策动，此事对他们不利，
他们宁愿毫不知情，
却又不得不予以执行。我的主上
应该知道强制征税之事，
这简直骇人听闻，
负担之重，脊背欲折。他们说
这事由你主使，否则让你遭诘受骂，
岂不太过？

亨利八世　还是"强制征税"，
什么性质？什么名义？告诉朕，
是否为强制征收？

凯瑟琳王后　我过于出言无状，
令您不快，但蒙您许诺不加罪，
故大胆直言。臣民的痛苦
来自征税法令，要强迫征收
个人财产的六分之一，且即刻征收，
不得迟延，征收的名义是
资助您的对法战争。这让众口汹汹，
责任从舌边唾弃，忠诚
在内心冷冻，咒骂现已取代了
原先对君王的祈福，
臣民的恭顺之心，业已

被愤恨之情全数湮没。

此事已迫在眉睫，危害之大远超其他，

愿陛下从速考虑。

亨利八世　以我生命保证，

此事非朕所愿。

沃尔西　对臣下而言，

臣下在此事中，仅随声附和，

别无他图，若非众法官裁定批准，

臣下也不能表示支持；若有

无知之徒，既不明臣下职分，

也不晓臣下为人，摇舌弄非

诋毁臣下所为，臣下只能说：

位高权重，必当其命；

德行昭彰，必遭毁伤。

不能因为害怕恶意诋毁，

我等就畏首畏尾，不敢担当，

诋毁者如同贪婪的鱼群，

尾随着新下水的轮船，空有觊觎，

却一无所得。就居心不良者

或孱弱者看来，我等上佳之举，

却非我等之功，或干脆不予承认；

我等每为低劣之事，投合俗众之意，

便交口赞誉，称其为我等最好举措。若惧怕我等的行为

遭人耻笑指摘，而不敢轻动，

我等只能落地生根般在此枯坐，

如同一尊尊石像泥胎。

亨利八世　如果事情办理妥帖，且秉持谨慎态度，

便无需多加顾虑；
若事无先例，
倒要临事而惧。如此征税，
是否已有先例？朕相信没有。
朕不许置王法于不顾，
而对朕的臣民任意胡为。
六分捐一？令人战栗的搜刮；啊，这无异于
把每棵树的枝叶树皮尽行伐去，还砍去部分树干，
虽然根基未动，但在空气之中，
迟早会干枯。向发生骚乱的
每一个郡传达朕的旨意，
对拒绝强制征税者，
都要恕其无罪。此事交你去办，
你当全权负责。

沃尔西　　（对秘书）有话交代于你。
把国王的赦免令
发布到每个郡。——（旁白。对秘书）苦难的俗众
对我无甚好感。你要传扬出去，
说征税的取消和赦免令的颁布
实由我力谏促成；此事下一步如何办理，
随时听我指令。

　　　　　　　　　　　　　　　　　　　　　秘书下

管家上

凯瑟琳王后　（对国王）我很难过，白金汉公爵
触怒于您了。

亨利八世　　这会令许多人痛心疾首。
此公学识渊博，能言善辩，
资质超凡；他的教养

足以让他指点优秀的教师，
他才干自足，无须借助他人；然而必须看到，
当如此高贵的天赋不能
妥善利用，一旦心术变坏，
便会恶相毕显，较以前之美，
更丑恶十倍。此人如此完美，
堪称人间罕有——他巧舌如簧，
会令听者着迷，只觉一小时犹如一分钟
——他，王后啊，他一度才华横溢，
却变得荒谬反常，如同在地狱中
污染过一般昏昧幽暗。
坐于朕身旁，你可以听听——
这是他的亲信——听听他
败坏名声的事。——（对沃尔西）让他重述
以前的供词，此种罪行
受之毋宁其少，闻之不嫌其多。

沃尔西　（对管家）往前站，如同尽心忠实的臣子，
把你搜罗到的白金汉公爵的罪证
大胆说出来。

亨利八世　但说无妨。

管家　首先，他惯常之举——也是每天
他必谈之事——就是如果国王
无嗣驾崩，他要设法
获取王杖。我亲耳听见
他将这些话说给他的女婿
阿伯加文尼大人，并对他发誓
要报复红衣主教大人。

沃尔西	请陛下注意 他的这点险恶的意图， 若您让他希望落空，[1] 他便心生歹意，并由您 延及您的左右近臣[2]。
凯瑟琳王后	博学的红衣主教大人， 请勿恶语伤人。
亨利八世	（对管家）说下去， 他凭什么说朕驾崩无嗣 便由他继位？对于这一点， 你还在什么时候听他说什么了？
管家	他之所以这么想，是缘自 尼古拉斯·霍普金斯的荒谬预言。
亨利八世	霍普金斯是何许人也？
管家	陛下，他是一个加尔都西会修道士， 白金汉公爵的告解神父，经常对他 说王位的事情。
亨利八世	你如何得知这些？
管家	陛下去法国前不久， 白金汉公爵在圣劳伦斯·波尔特尼教区的 玫瑰府邸问过我， 对于国王出行法国， 伦敦人有何评论？我回答， 人们担心法国人奸诈无信，

1　若您让他希望落空（Not friended by his wish to your high person）：指国王无嗣。
2　左右近臣（friends）：指沃尔西本人。

将危及国王。公爵随即说，
确有此等忧虑，并说他疑心
一位僧侣说过的话
将会应验。他说：
"那僧侣多次派人来，希望我准许
我的家庭牧师约翰·德拉卡尔，
择时去听他说一件要事；
他令其庄严宣誓，
严守机密，凡僧侣所言，
除了我本人之外，不得对
任何人泄露，然后陆续说出
下列严正之词：'你去禀告公爵，
国王及其后嗣气数已尽；让他
设法赢得民众的爱戴。公爵
将会主宰英格兰。'"

凯瑟琳王后　如果我没有认错，
你是公爵的管家，因与佃户结怨
而被免职；你要当心，
不要衔恨诋毁一位高贵之人，
玷污你高贵的灵魂；我说，是要当心，
我真心实意地恳求你。

亨利八世　让他说；
（对管家）你说下去。

管家　我以灵魂起誓，我说的是实情。
我对公爵大人说，那个僧侣
受到了魔鬼的蛊惑，对他而言，
一直沉湎于此事是危险的，

总有一天他会难以自拔，
只得铤而走险；他回答说，"呸，
这于我无甚损害"，他还说，
国王上次生病时若有不测，
红衣主教和托马斯·洛弗尔大人的脑袋
应该被砍掉。

亨利八世　哈？如此胆大妄为！啊哈！
此人包藏祸心。还有什么？

管家　还有，陛下。

亨利八世　接着说。

管家　在格林尼治之时，
当陛下为了威廉·布尔默爵士之故
训斥了公爵之后——

亨利八世　朕记得
是有那么一次，公爵把朕的一个忠仆
据为己有了。接着说，后来如何？

管家　他说："如果我因此事被判罪，"——
我想是关进伦敦塔，——"我就会充当了
我父亲阻止篡位者理查[1]时
充当的角色。他在索尔兹伯里时，
请求觐见国王，如果获准，
当他假装朝拜之时，
将会以剑刺之。"

亨利八世　真巨奸大恶也。

沃尔西　王后啊，若此人不被捕入狱，

1　理查（Richard）：即理查三世（Richard III）。

	陛下能安享自由和平吗？
凯瑟琳王后	愿上帝纠正一切。
亨利八世	你还有什么话要说出来，说吧。
管家	他模仿"他的公爵父亲"，带着"仗剑"的神情，
	站直了身躯，一手握剑，
	一手抚胸，抬起双眼，
	发下了一个可怕的誓愿，大意是，
	如果他受到虐待，他要比他的父亲
	有过之而无不及，将意图付之行动，
	绝不优柔寡断。
亨利八世	他的意图，就是将他的刀
	刺入朕的身体；逮捕他吧，
	立即审讯。如果他能得到
	法律的庇护，那就随他吧；若没有，
	无论如何，不要让他向朕求情。日月天光之下，
	他堪称是最大的奸佞。

众人下

第三场 / 景同前

宫内大臣与山兹勋爵上

宫内大臣	法国的魔力如此之大，
	竟能让人模仿这样怪异的风尚？
山兹	新潮嘛，

不管多么荒谬绝伦，

即便缺乏男子汉气概，也有人群起而效仿之。

宫内大臣　就我看来，这次出行

给我们英国人带来的好处，不过是学会了

一两个怪相。学得倒是很精明，

因为当他们做这怪相的时候，你会

毫不犹豫地说，他们的鼻子曾给丕平

或克罗塞略斯[1]做过枢密大臣，神气得很。[2]

山兹　他们有了全新的一瘸一拐的走路方式，

以前从未见过他们走路的人们，

会认为他们得了关节肿或者跛行症呢。

宫内大臣　这帮该死的！大人啊，

他们的服装也是稀奇古怪，

咱们基督教的正装他们肯定已经穿腻了。

托马斯·洛弗尔爵士上

怎么，

有什么消息吗，托马斯·洛弗尔爵士？

洛弗尔　说实话，大人，

我没有听到任何消息，只是发现有一张新告示

张贴在宫廷门口。

宫内大臣　什么告示？

洛弗尔　矫正我们那帮时髦的国外游历者，

---

1 丕平或克罗塞略斯（Pepin or Clotharius）：丕平和克罗塞略斯分别是法兰克人公元 8 世纪和 6 世纪的国王。

2 他们的鼻子……神气得很："趾高气扬"的英语表达是 put one's nose in the air，故此处说他们的鼻子做过枢密大臣。——译者附注

他们让宫廷充满了吵闹、闲聊和裁缝。

宫内大臣　有这样的告示，我很高兴。现在我要提请
亲法的老爷们考虑，纵然从未见过卢浮宫，
英国宫廷内也不乏有识之士。

洛弗尔　根据告示所写，
他们要么必须丢掉从法国
带来的奇装异服，
以及所有令他们
引以为荣的鄙陋习惯——比如决斗和宣淫，
或用他们舶来的所谓智慧
嘲弄比他们更高明的人，
他们必须完全放弃网球和长筒袜、
又短又肥的灯笼裤，以及对一切舶来品的种种嗜好——
重新做一个实在人，
要么再去找他们的老相好，我想，他们在那里
可以受庇护说着法语的"是、是啊"
在嗤笑中度过淫邪的晚年。

山兹　是疗救他们的时候了，
他们的病症是会传染的。

宫内大臣　改了这些浪荡子的习惯，
对我们的女士而言将是一大损失啊！

洛弗尔　唉，以圣母马利亚的名义，
确实会引人悲痛，大人哪，这帮狡猾的淫贼
花招老到，能很快把淑女们推倒，
一首法国歌曲、一把提琴足矣。

山兹　愿魔鬼弹死他们！我很高兴他们受到贬斥，
他们肯定积习难改；像我这样

誠实的本土绅士，受到冷落已经很久了，
现在可以哼起朴实的小曲
让人听上一小时，圣母呀，
人们会认为我的才是好曲子呢。

宫内大臣　说得好，山兹大人，
您春心犹在呢！

山兹　是的，大人，
春心永不老，只因命根在。

宫内大臣　（对洛弗尔）托马斯爵士，
您要去哪里？

洛弗尔　去红衣主教那里。
阁下您也在受邀之列。

宫内大臣　啊，是的，
他今晚设下宴席，豪华的宴席，
招待老爷太太们。我敢说，
全国的俊杰要相聚一堂了。

洛弗尔　这位神职大人确是心地恢弘，
出手豪阔，如大地一般奉养万民，
泽及万方。

宫内大臣　真高贵之人也。
谁对他另有微词，纯属恶意诋毁。

山兹　大人，他有的是手段钱财，理应如此。
节俭与邪说相比，将是更大的罪过；
他这个位置的人就应慷慨大方，
成为世人的表率。

宫内大臣　是的，本应如此，
但现在没几个人会举行如此盛宴。（对洛弗尔）我的船已备好，

　　　　　　大人您同去如何？过来，好心的托马斯爵士，
　　　　　　否则我们要迟到了，我不愿如此，
　　　　　　因为我和亨利·吉尔福德爵士
　　　　　　应邀充当今晚的典礼官。

山兹　　　悉听尊便。　　　　　　　　　　　　　　　众人下

第四场　／　第三景

约克府邸（即现在的白厅）——沃尔西住处
奏双簧管。华盖下面为红衣主教置一小桌，为客人另置一长桌。安妮·博林及
其他贵族男女宾客从一门上，亨利·吉尔福德爵士从另一门上

吉尔福德　女士们，红衣主教大人欢迎大家光临，
　　　　　　并向各位致意，他将令各位度过
　　　　　　一个美妙的夜晚；他希望，
　　　　　　任何一位参加此盛会的女士
　　　　　　能忘怀所有的烦忧；高朋满座，
　　　　　　美酒佳酿，礼数周全，
　　　　　　他想让各位倾情尽欢。

宫内大臣、山兹勋爵与洛弗尔爵士上

　　　　　　（对宫内大臣）啊，大人，您迟到了；
　　　　　　一想到这一盛会，
　　　　　　我恨不得身生双翅。

宫内大臣　你年轻啊，哈利·吉尔福德爵士。

山兹	托马斯·洛弗尔爵士，如果主教大人
	有我一半的俗子之情，在座的几位女士
	寝前还要吃点什么，[1]
	我想这会令她们更快活。我敢说，
	她们真是一群天生尤物。
洛弗尔	啊，愿阁下方才听其中
	一两位告解过。[2]
山兹	我希望如此；这样的话，
	她们应少受一点罪。[3]
洛弗尔	说实话，怎么少受罪？
山兹	就像躺在羽绒床上一样。
宫内大臣	美丽的女士们，请就座好吗？——（对吉尔福德）哈利爵士，
	请您到那边安置一下客人，我负责这边；
	红衣主教大人马上就到。不，不要这么冷冰冰，
	两位女士坐在一起会冷场的，[4]
	山兹大人，你是令她们不会睡着的人，
	请坐在她们之间。
山兹	好极了，
	多谢大人。——（坐在安妮与另一女士之间）

1 如果……吃点什么：此处有性暗示。——译者附注
2 啊，愿阁下……告解过（O, that your lordship were but now confessor / To one or two of these）：confessor 原意为"告解神父"或"听取别人忏悔的神父"，此处有"性伙伴"的引申含义。——译者附注
3 她们应少受一点罪（They should find easy penance）：此处亦有性暗示。
4 两位女士坐在一起会冷场的（Two women placed together makes cold weather）：此句直译成汉语是"两个女人坐在一起会使天气变冷。"其中 cold weather 有"性冷淡"的引申含义。——译者附注

美丽的女士们，请准许我坐在这里，
如果我说话粗野，请宽恕我，
因为我是跟我父亲学的。

安妮　他疯了吗，先生？

山兹　啊，疯得很，也很癫狂，在爱情上也是如此，
但是他不咬人，只不过像我现在一样，
他能一口气吻二十位女士。（吻她）

宫内大臣　干得好，大人。
你现在正当其位；先生们，
如果这些美丽的女士们蹙眉而去，
你们是要受罚的。

山兹　我有办法摆平她们，
交给我好了。

奏双簧管。红衣主教沃尔西上，就座

沃尔西　列位嘉宾，欢迎你们！各位尊贵的女士们、
先生们，若不随意尽欢，
便不是我的朋友。饮下这杯酒，
以表我欢迎之意，并祝各位健康。（饮酒）

山兹　尊贵的大人，
让我干了这一大杯饱含谢意的酒，
省得我累言赘语。

沃尔西　山兹大人，
你替我招呼身边的客人，我深表感谢；
女士们，你们快快不快呀，先生们，
这是谁的过错？

山兹　大人，必须首先用红酒
使她们面颊绯红，然后她们就会

	妙语如珠，令我们无法插嘴。
安妮	您深谙此道呀，
	山兹大人。
山兹	是的，如果我能得手就好了；
	这一杯敬您，女士，干杯，
	为了跟你干 [1]——
安妮	您没能说清楚。
山兹	我刚才跟大人您说了，她们很快就会开口吧。

鼓号齐鸣。火炮发射

沃尔西	怎么回事？	
宫内大臣	（对数仆人）去看看，你们几个。	众仆人下
沃尔西	怎么会有炮声？	
	究竟怎么回事？女士们，不要怕，	
	按照一切战争法则，你们都是受保护的。	

一仆人上

宫内大臣	怎么了？什么事？
仆人	一群高贵的外国人，
	看样子像。他们下船登陆，
	正朝这边走来，好像是外国君王
	派来的使节。
沃尔西	好心的宫内大臣大人，
	去欢迎他们吧，您会说法语，
	请隆重欢迎他们，把他们
	引到我们这里来，这里美女如云，
	光芒四射。来人，陪他去。

宫内大臣由众仆陪同下

---

1 为了跟你干（For 'tis to such a thing）：原文 a thing 有"阴茎"之义，此处意含猥亵。

众皆起身，桌子移走

　　　　　　　宴席中断，我们日后再补吧。

　　　　　　　祝大家一切安适，再一次

　　　　　　　我向大家表示欢迎，欢迎各位。

奏双簧管。国王亨利八世及众人戴假面具装扮成牧羊人，由宫内大臣引上。众
人直接来到红衣主教面前，向他优雅致敬

　　　　　　　尊贵的客人们，来此有何贵干？

宫内大臣　　因为他们不会说英语，故而他们求我

　　　　　　　转告大人：他们听说

　　　　　　　今晚此处正在举行

　　　　　　　高贵而绚丽的聚会，他们情不自禁

　　　　　　　离开他们的羊群，要向美人们

　　　　　　　致以崇高的敬意，在您的准许之下，

　　　　　　　他们想去拜会一下这些女士们，

　　　　　　　与其共享一时的欢愉。

沃尔西　　　对他们说，宫内大臣大人，

　　　　　　　贵客光临，让寒舍生辉；我对此

　　　　　　　深表感谢，让他们尽欢吧。

戴假面具者各选女士为舞伴。国王选中安妮·博林

亨利八世　　这是我摸过的最美的手。啊，美人，

　　　　　　　现在谋面，相见恨晚！

音乐起。众人跳舞

沃尔西　　　大人。

宫内大臣　　红衣主教大人，有何吩咐？

沃尔西　　　请向他们转达我的意思：

　　　　　　　他们当中应有一位，

　　　　　　　比我更有资格坐在主位，

	如果我能找出他来，
	我将心甘情愿让位与他。
宫内大臣	好的，大人。（与戴假面具者低语）
沃尔西	他们怎么说？
宫内大臣	他们都承认，确实
	有这么一位，他们愿意您
	把他找出来，他将接受此位。
沃尔西	既然这样，让我看一下。
	蒙您的恩准，这位是我的
	上上之选。
亨利八世	你选对了，红衣主教。（摘下面具）
	你举行了一个华美的聚会，做得好，贤卿。
	你是教会中人，否则，朕告诉你，红衣主教，
	朕现在会作出对你不利的判断了。
沃尔西	陛下兴致如此之高，
	微臣非常高兴。
亨利八世	宫内大臣，
	请过来，那个美丽的女士是谁？
宫内大臣	禀告陛下，是托马斯·博林的女儿——
	罗奇福德子爵——王后的侍女。
亨利八世	天哪，她真是美艳绝伦。——（对安妮）亲爱的，
	我邀你跳舞而没有吻你，
	太失礼了。祝你们健康，先生们，
	传杯同饮吧。（饮酒）
沃尔西	托马斯·洛弗尔爵士，内厅的筵席
	备好了吗？
洛弗尔	是的，大人。

沃尔西	（对国王）陛下，
	臣担心，跳舞之后，有点热吧？
亨利八世	朕热得很。
沃尔西	陛下，隔壁厅内
	空气比较清爽。
亨利八世	各位，带着你们的女伴进去吧；（对安妮）亲爱的舞伴，
	朕还不想离开你；——
	（对红衣主教沃尔西）让我们继续玩乐吧，
	忠心的红衣主教大人，朕要痛饮六杯，
	祝这些美丽的女士们健康，再领她们
	曼舞一回，然后让我们猜猜，
	谁最得女士们青睐。音乐，敲打起来。　　号声起。众人下

第二幕

第一场 / 第四景

伦敦，威斯敏斯特一街道

二绅士自两门分上

绅士甲	行色匆匆，要去哪里？
绅士乙	啊，愿上帝保佑你。 到威斯敏斯特大厅，去听听 伟大的白金汉公爵究竟怎么样了。
绅士甲	先生，我可以帮你免去 这一趟辛劳了。一切现已结束，只剩把犯人押回 这一程序了。
绅士乙	你刚才在那里吗？
绅士甲	是的，的确在那里。
绅士乙	请说说，发生了什么事？
绅士甲	你可以很快猜到的。
绅士乙	他被判有罪了吗？
绅士甲	是的，确实被判有罪了。
绅士乙	我很难过。
绅士甲	好多人都难过。
绅士乙	请说说，是怎么判的？
绅士甲	简短地说吧。这位伟大的公爵 来到法庭，对于说他有罪的指控 一概不认，而且提出了

许多犀利的说辞，使指控不能成立。
而另一方面，国王的检察官援引了
许多证人提供的
口供、证据和供状，
公爵则要求当面对质。
因此，他的管家、他的秘书
吉尔伯特·珀克爵士，还有他的
告解神父约翰·卡尔[1]，以及那个
邪恶的僧侣霍普金斯，全部出庭与他对质了。

绅士乙 就是那个向他
传达预言的人吗？

绅士甲 正是，
所有这些人都对他强烈控诉，
他极力开脱，但徒劳无用；
因此，他的同僚们便根据这些证据
判他犯下叛国大罪。公爵为求活命，
振振有词，多有陈述，但于事无补，
要么引人怜惜，要么闻之便忘。

绅士乙 此后他又怎样呢？

绅士甲 当他被再度带上法庭，听取
死刑判决。在此期间，
他痛苦万状，大汗淋漓，
愤怒焦躁之中，出语不逊；
但他很快恢复了平静，
此后一直显示出异常高贵的忍耐。

---

1 约翰·卡尔（John Car）：即前文提到的约翰·德拉卡尔（John de la Car）。——译者附注

绅士乙	我认为他不是怕死之人。
绅士甲	肯定不怕，
	他从未有过这样的女人气；
	遭此构陷，他不免黯然神伤。
绅士乙	肯定是的，
	红衣主教是此事的主谋。
绅士甲	很有可能，
	人人都这样猜测：首先，国王委派的
	爱尔兰总督基尔代尔伯爵被撤职，
	然后萨里伯爵被仓促遣去取而代之，
	这样，他就无法充当他岳父的帮手了。
绅士乙	官场权谋，
	阴狠毒辣。
绅士甲	在他回来的时候，
	一定会报复的；众所周知，
	国王宠信谁，
	主教就立刻派他差事，
	把他远远地调离朝廷。
绅士乙	所有的黎民百姓
	都恨之入骨，凭良心说，
	都希望他葬身百尺深渊；
	而这位公爵却广受爱戴，被称为"慷慨的白金汉、
	一切礼法的楷模"——

法警带受审已毕的白金汉上，斧刃对着他[1]，戟士分列两侧，托马斯·洛弗尔爵士、尼古拉斯·沃克斯爵士、威廉·山兹爵士及众平民随上

1　斧刃对着他（the axe with the edge towards him）：表示白金汉已被判死刑。

绅士甲	请留步，先生，
	看看您说过的遭人陷害的高贵之士吧。
绅士乙	让我们走近些看看他吧。
白金汉	各位善良的人们，

你们远路赶来对我表示怜悯。

听完了我的话，然后回家，把我忘怀。

我今天被宣判犯了叛国罪，

将以此名义受死；但是上苍为证，

如果我对国家不忠，在断头的利斧落下时，

就让我的良心把我毁灭吧，如果我良心尚存的话。

我不把我的死归咎于法律，

因为法律是按证据来判的；

但是，对于诉诸法律者，我希望他们是更高尚的基督徒，

不管他们做了什么，我都真心宽恕他们；

但是，我要让他们当心，不可把为非作歹当作荣耀，

也莫把他们的罪孽建在高贵者的坟头，

因为那样的话，我无辜的鲜血会向他们怒吼寻仇。

我从未希望再苟活于世，

也不想乞求，虽然国王慈悲之度量

远胜过我犯错之胆量。你们几位爱戴我，

敢于为白金汉而哭泣，

对他而言，向他的朋友和同道诀别

是唯一令他伤恸欲绝的事。

像善良的天使般与我同行，走到我生命的尽头吧，

当我斧钺加身、身首异处之时，

请为我同声祈祷，

让我魂归天堂。——（对洛弗尔）以上帝的名义，继续前行吧。

洛弗尔	我祈求大人，如果您心中 还藏有对我的愤恨，请慈悲为怀， 现在直接宽恕我吧。
白金汉	托马斯·洛弗尔爵士，我完全宽恕你， 正如我期待被人宽恕，我宽恕所有人。 纵然无数的人跟我作对， 我无不与其以和为贵。不能让邪恶的怨恨 砌造我的坟茔。代我向国王致意， 如果他谈及白金汉，请告诉他， 您见我天国之路已走了一半，我依然 为国王祝愿，为国王祈福， 直到我灵魂离体。 祝愿他福寿绵长，比我还来得及祝愿的年岁还要长； 愿他行爱民之政，也为万民所爱戴； 等到他年迈命终， 愿仁慈和他的遗骸一并充满他的陵墓。
洛弗尔	我必须送大人您到河边， 然后交由尼古拉斯·沃克斯爵士负责， 由他送您到终点。
沃克斯	你们快快准备， 公爵就要来了。把船备好， 一切摆设用度要符合 公爵的尊贵身份。
白金汉	不必了，尼古拉斯爵士， 算了吧，现在讲排场只能是对我的嘲讽。 我来到此地时，还是宫廷长官，

也是白金汉公爵；而现在，不过是可怜的爱德华·布恩[1]。
不过，我要比那些构陷我的、不知忠诚为何物的
卑鄙小人更富有些。我现在以我的鲜血确证这一点，
总有一天，他们会为此哀号悲吟。
我高贵的父亲，白金汉的亨利，
首先举兵反抗篡位的理查，
事急之际，奔至其仆班尼斯特处求救，
可悲竟然反为此小人所卖，不经审讯，
即遭斩首，愿上帝保佑他安息。
亨利七世即位后，深悼我父之亡，
行明君之举，
恢复了我的荣誉，
使显贵之列重现我名。如今，他的儿子
亨利八世，遽然从世间攫走了
我的生命、荣誉、名声，
及我的一切福祉。我受到了审判，
必须承认是一场正规的审判，这使我比我那
可怜的父亲幸运许多；
尽管如此，我们还是面临着相同的命运：
同为仆人所叛卖，为我们最亲近的人所构陷，
真真背信弃义，天良丧尽！
老天有眼，善恶到头终有报，各位，
请听我这将死之人实言相劝：
当你们对亲信随从慷慨示好时，

---

1 爱德华·布恩（Edward Bohun）：白金汉公爵父姓为斯塔福德（Stafford），本名为爱德华，祖上通过与布恩家族联姻继承了公爵爵位。——译者附注

　　　　　切莫掉以轻心，因为你倾心相交的人，

　　　　　一旦发现你厄运临头，就会像逝水一般

　　　　　离你而去，再难寻觅

　　　　　除非打算对你落井下石。所有善良的人们，

　　　　　为我祈祷吧。我要与你们永别了，在我漫长的

　　　　　生命煎熬中，最后的时刻已经到来。永别了，

　　　　　当你们想说一些忧伤之事，

　　　　　就说我如何被杀吧。

　　　　　不说了，上帝呀，宽恕我吧。　　　　　　白金汉与扈从下

绅士甲　　啊，这真是令人饱含同情。先生，我敢说，

　　　　　谋划此事者，将为此

　　　　　受到很多诅咒。

绅士乙　　如果公爵无辜受难，

　　　　　真是惨痛透顶；然而，我隐约感觉到

　　　　　随后还有灾祸，一旦发生，

　　　　　比这次还要严重。

绅士甲　　神灵保佑，愿灾祸勿降临我等之身。

　　　　　会是什么灾祸？说吧，先生，我不会告诉别人的。

绅士乙　　该秘密非同小可，

　　　　　非守口如瓶之人不得与言。

绅士甲　　告诉我吧，

　　　　　我不多嘴多舌。

绅士乙　　我确信

　　　　　你不会乱说的，先生，你最近可曾听

　　　　　有人谣传，说国王和凯瑟琳

　　　　　就要离异？

绅士甲　　是的，但这谣传并不可靠，

因为当国王某一次听说之时，勃然大怒，
命令市长大人即刻行动，
终止谣言，查处那些
胆敢散布谣言的人。

绅士乙　　但是，先生，这个谣言
现已坐实。因为它又被传来传去，
比之从前更加活灵活现，人们确信
国王将冒险一试。要么是红衣主教，
要么是他的某位亲信，出于对这位
贤淑王后的忌恨，让国王对王后
生出嫌隙，要予以休弃。为确认这桩婚姻，
红衣主教坎丕阿斯[1]已经抵达，
众所周知，他最近就要解决此事。

绅士甲　　就是这位红衣主教，
他来此不过是为了报复皇帝[2]
没有如他所请，让他担任
托莱多大主教之职。这是处心积虑的。

绅士乙　　我认为你一语中的。但让王后
蒙尘罹难，岂非残忍绝情？红衣主教的
主意已定，她肯定被废黜。

绅士甲　　令人痛心疾首，
我们不该在此公开谈论此话题，
还是私下多想想吧。　　　　　　　　　　　　同下

---

1 红衣主教坎丕阿斯（Cardinal Campeius）：罗马教皇派遣至英国的特使，负有确证国王婚姻
的合法性的使命。
2 皇帝（the emperor）：指神圣罗马皇帝查理五世，凯瑟琳王后的外甥。

第二场 / 第五景

伦敦，宫廷

宫内大臣上，读信

宫内大臣　　　"大人台鉴：大人所需之马，均由我悉心挑选配备而成。 马
　　　　　　　匹神骏，岁口小，皆北方最优品种。马匹正待送往伦敦之
　　　　　　　际，有人奉红衣主教大人之命前来，将马匹从我手中强力
　　　　　　　夺走，理由如下：其主之位固在君王之后，然在臣民之先，
　　　　　　　将马取走，有何不可？于是我等闭口无言。"我担心，他确
　　　　　　　实有如此之想；好吧，就让他把马拿去吧；我觉得，他想
　　　　　　　攫取一切。

诺福克公爵与萨福克公爵上，来到宫内大臣身边

诺福克　　　　见到您很高兴，宫内大臣大人。

宫内大臣　　　两位好！

萨福克　　　　国王好吗？

宫内大臣　　　我离开时，国王正独处宫内，
　　　　　　　忧心忡忡，满怀烦扰。

诺福克　　　　怎么回事？

宫内大臣　　　似乎与其嫂的联姻
　　　　　　　博起了他的愧疚之心。

萨福克　　　　不会的，他的愧疚
　　　　　　　已为另一个女士博起。[1]

1　他的愧疚……博起（his conscience / Has crept too near another lady）：原文 conscience 一词
　　带有 genital expansiveness（阴茎勃起）的性暗示。

诺福克	是的， 这是红衣主教所为。他俨然一副君王做派， 这目中无人的教士，他自以为是命运女神的长子， 翻云覆雨，恣意妄为。国王总有一天会看透他。
萨福克	求上帝让国王明鉴吧；要不然主教永远不知道自己是谁了。
诺福克	对一切与他有关的事，他极尽虔敬之能事， 且热忱无比！现在，他已经捣毁了 我们与王后外甥查理皇帝的联盟， 他又钻入了国王的灵魂之中， 散布危险与疑虑，良心与谴责， 恐惧与绝望，一切与他的婚姻有关。 为让国王出离所有的窘困， 他又建议国王离婚，将王后遗弃， 就像丢掉一件戴在颈上二十年 而光泽依旧的珍宝， 她对君王一往情深， 犹如天使之爱护好人； 纵然她遭受命运的重创， 却依然为国王祈福。难道这不是虔诚之举吗？
宫内大臣	愿老天别让我听到这样的主意。确确实实， 这样的消息到处流传，每个人都在谈论此事， 每颗真诚的心都在为此哭泣。所有胆敢 探究此事者都看出了端倪： 他想让国王中意于法兰西国王的妹妹 [1]，

1　法兰西国王的妹妹（French king's sister）：即阿朗松女公爵（the Duchess of Alençon），沃尔西建议亨利八世娶她为第二任王后。

　　　　　　　　愿老天在某一天让国王睁开双眼，他已经对这个
　　　　　　　　胆大包天的坏蛋熟视无睹太久了。
萨福克　　　也解除他对我们的奴役。
诺福克　　　我们需要祈祷，
　　　　　　　　虔诚地祈祷，为了让我们得救，
　　　　　　　　否则这个狂妄的人将会把我们
　　　　　　　　全都从王公贵族变成侍从童仆。所有人的荣誉
　　　　　　　　在他面前都变成了泥巴，
　　　　　　　　由他随意拿捏。
萨福克　　　对我而言，大人们，
　　　　　　　　我既不爱他，也不怕他，这就是我的信条。
　　　　　　　　我有今日尊荣，并非由他提拔，只要王上愿意，
　　　　　　　　无人奈我何；他的诅咒与祝福
　　　　　　　　对我都无所谓，凭他怎么说，我概不相信。
　　　　　　　　我过去知道他，现在也知道他，因此，我把他
　　　　　　　　交给那任他盛气凌人的人处置：就是教皇。
诺福克　　　我们进去吧，
　　　　　　　　用其他的事情，排解
　　　　　　　　国王的忧思，他快要承受不起了；
　　　　　　　　大人，您愿意跟我们同往吗？
宫内大臣　　抱歉，
　　　　　　　　国王派我另有公干；此外，
　　　　　　　　你们现在前去打搅国王，恐有不便。
　　　　　　　　祝两位安康。
诺福克　　　多谢，好心的宫内大臣大人。
宫内大臣下，帘幕拉起，国王亨利八世正捧卷沉思
萨福克　　　他满脸愁容，肯定痛苦万分。

亨利八世	谁在那里？哈？
诺福克	求上帝别让他发火。
亨利八世	朕说，谁在那里？在朕冥思之时， 你们怎敢擅自闯入？ 知道朕是何人，嗯？
诺福克	宽恕无心过失的 仁慈君王啊，我们此次觐见虽不合常规， 却是为国事而来， 我们来领取您的旨意。
亨利八世	你们也太大胆了吧， 走开，朕会让你们知道该何时办公事。 这是处理俗务的时候吗？嗯？

红衣主教沃尔西和红衣主教坎丕阿斯携教皇委任状上

	谁在那里？是红衣主教爱卿吗？啊，沃尔西， 朕受伤的心灵的抚慰者， 你是君王的御医。——（对坎丕阿斯）欢迎你， 最博学可敬的先生，欢迎来到朕的王国， 我和我的王国都为你效劳。——（对沃尔西）忠良的大人， 请多多注意，不要让朕做一个空谈者。
沃尔西	陛下不会的。 请您给我们一小时的时间， 和臣等秘密会谈。
亨利八世	（对诺福克与萨福克）朕现在很忙，下去。
诺福克	（诺福克与萨福克旁白）这和尚一点也不傲慢？
萨福克	谈不上； 若我身处其位，我也不会盛气凌人， 但这种姿态不会持续太长。

诺福克	如果持续下去，
	我可要对其发难了。
萨福克	我也算一个。

诺福克与萨福克下

沃尔西	陛下已树立英明的先例，
	任何君王都无可比拟，就是将疑难问题
	交由基督世界公决。
	现在谁还能心怀怨怒？谁还能对您心存嫌隙？
	西班牙人，与她有血缘之亲，情深义重，
	如果他们尚有良知，现在必须承认，
	审判是正大光明的。所有的学者，
	我指的是基督教国家内有学识的人，
	都可自由表决。罗马，作为判决的保障，
	由您亲自邀请，给我们派来了
	一位总代表，就是这位善良的先生，
	这位公正博学的牧师，红衣主教坎丕阿斯，
	我再一次将他向您引见。
亨利八世	朕再一次拥抱他，以示欢迎，
	感谢红衣主教团的盛情，
	他们给朕派来了朕期盼已久的人。
坎丕阿斯	陛下如此尊贵，
	理应受到一切异邦人士的爱戴；
	我把委任状呈送陛下手中，根据此状，
	亦即罗马教廷的指令，您，
	约克的红衣主教大人，将与我会同
	公正审理这一案件。
亨利八世	两位公平之士，你们的来意
	应当让王后知道。加德纳何在？

沃尔西	我知道陛下对她 一往情深，比她地位低下的女性 依法享有的权利，她也应该有： 允许学者们自由地为她辩护。
亨利八世	对，她将拥有最好的学者， 朕向上帝起誓：辩护极佳者，朕会重赏。 红衣主教，请把朕的新秘书加德纳叫来， 朕发现他很称职。（红衣主教沃尔西呼唤加德纳）

加德纳上

沃尔西	把你的手给我，见到你很荣幸； （旁白。对加德纳）你现在是国王的人了。
加德纳	（旁白。对沃尔西）但我随时听从您的差遣， 因为我是蒙您提拔的。
亨利八世	到这边来，加德纳。

国王走过来与加德纳耳语

坎丕阿斯	约克主教大人，此人现在的职务 之前不是由佩斯博士担任的吗？
沃尔西	是的。
坎丕阿斯	他不是被认为是博学之士吗？
沃尔西	正是。
坎丕阿斯	相信我，有流言蜚语在传布， 甚至与您有关，红衣主教大人。
沃尔西	怎么？与我有关？
坎丕阿斯	他们振振有词，说您妒忌他， 怕他得到提拔，怕他的贤德之名， 便屡屡将其遣往国外，让他悲戚非常， 故而发疯而死。

沃尔西	愿他在天国安息。
	基督的关爱也不过如此；对于活着的散布流言者，
	他们自会遇到挫折的。他为人愚钝，
	亦不贤德。这个好伙计，
	如果我支派的话，他会服从我的命令；
	我是不许其他人如此接近国王的。老兄，你应知道，
	绝不能让卑贱者觊觎我们的尊位。
亨利八世	（对加德纳）将此事妥帖地告诉王后。 加德纳下
	朕所能想到的要接待这批饱学之士，
	最方便的场所是黑衣修士修道院 [1]。
	你们到那里聚会，探讨此重要之事。
	沃尔西，你负责布置。啊，上帝呀，
	让一个强健之人将同床共枕的妙人
	离弃，怎不令人伤心？但是，除此之外 [2]，
	还有一个香软之处所，朕必须离开她。 众人下

1　黑衣修士修道院（Blackfriars）：伦敦当时的天主教多明我会修道院。

2　但是，除此之外（But, conscience, conscience）：原文字面意思为"但是，良心，良心"，若这样翻译，在逻辑上与后文的"还有一个香软之处所"（O, 'tis a tender place）的表达就缺乏衔接了。本书英文注释认为此处的 conscience 一词可拆分成 con + science，意为"尝到了（安妮·博林的）阴道的滋味"，故此处采用意译。——译者附注

第三场 / 第六景

安妮·博林与一老妇人上

安妮　　　也不是为了这一点，令人难挨的苦痛是：

陛下和她生活了那么久，

她秉性贤淑，甚至没有人

诋毁过她——以我的生命起誓，

她从不知害人为何物——啊，现在，

贵为王后这么多年，

威望与尊位共增，一旦被废，其苦痛应是

当初荣登王后宝座之甜蜜的千倍

——为后多年之后，

再令其离开后位，可怜之处，

会令妖魔动容。

老妇人　　即便是铁石心肠，

也会软化，为她感伤。

安妮　　　啊，真是天意呀！她要是

从未享此殊荣会好些。虽则那些荣华乃世间俗物，

然而，如果那刻薄的命运之神

又把富贵荣华夺回，其痛苦

无异于灵魂离体。

老妇人　　哎呀，可怜的王后呀，

她现在又变成一个外国人了。

安妮　　　她的确令人

深感同情。真的，

我敢说，生于寒门、

> 长于贫贱而知足者，
>
> 要胜过衣重彩而神伤，
>
> 佩金银而惨恻。

老妇人 我们知足，

就是我们最大的财富啊。

安妮 我以我的诚信与童贞起誓，

我不想当王后。

老妇人 不怕诅咒的话，我倒愿意，

我宁愿不要童贞，也要当王后，

尽管你如此装模作样，其实你是愿意的；

你有女人的俏丽容颜，

也有女人的柔顺之心，

是女人，就喜欢荣华富贵，

说实话，这些都是天赐的福分。

虽然你扭怩作态，

如果你的心眼活络一些，

你也能获得这些礼物。

安妮 不行，实在不行。

老妇人 行的，行的；你不想当王后吗？

安妮 不想，把天下所有财富给我，我也不想。

老妇人 奇怪，虽然我老了，给我几个小钱，

我就干。[1]但是，我问你，

---

1 虽然我老了……我就干（a three-pence bowed would hire me, / Old as I am, to queen it）：a three-pence bowed 字面含义为"弯曲了的三便士硬币"，即数额微乎其微的小钱。但是 bowed 一词与 bawd（鸨母）谐音，而 queen 又与 quean（妓女）谐音，故此处意译。——译者附注

你觉得当公爵夫人怎么样？你的身体

能否承受住这头衔之重？

安妮　　　说实话，不能。

老妇人　　那你就太娇弱了，退一步说，

如果我是一个年轻的伯爵，我可不愿意要你，

光靠娇羞可人是不行的；如果你

不能承受男人之重，那就太弱了，

是生不出孩子来的。

安妮　　　您在说什么呀！

我再说一遍，把全世界给我，

我也不当王后。

老妇人　　说实话，为了小小的英格兰，

你应该横下身心，尝尝当王后的滋味[1]；至于我，

为了卡那封郡那么小的地方，我也愿意当，

虽然这个小地方与王后无关。看，谁来了？

官内大臣上

官内大臣　早上好，女士们。

你们在谈什么机密之事？

安妮　　　好心的大人，

我们所谈的，不值一提，

我们在可怜王后的痛苦。

官内大臣　此乃温柔体贴之举，

真贤惠女人所为也。

一切有望好转。

1　你应该横下……滋味（You'd venture an emballing）：emballing 既与王后加冕礼的程序有关，
　　又隐含"性交"之义。

安妮	我正祈求上帝，阿门。
宫内大臣	你心地温婉，上天会
	赐福于你的。美丽的女士呀，
	我所言非虚，且陛下也注意到
	你的许多美德。国王陛下让我
	转达对你的好感，并且有意
	赐予你彭布罗克女侯爵之衔，
	除此荣衔之外，
	陛下还另加额外恩宠，
	每年加赏一千英镑。
安妮	我不知道
	该怎样表达我对陛下的尊敬。
	我所拥有的一切皆属空洞：[1]我的祈祷
	不过是一些空洞之词，我的祝愿
	也不过是虚幻无物；但是，我能够作出的回报
	只有祈祷和祝愿。我恳求大人，
	请向陛下转达一个娇羞的侍女
	对他的谢意和尊敬，
	我为陛下的安康和尊荣而祈祷。
宫内大臣	女士，
	我一定回禀国王，使之对你的好感
	更为深刻。——（旁白）我已对她细细打量，
	她品貌双全，
	难怪让国王一见倾心。谁知道呢，

1　我所拥有的一切皆属空洞（More than my all is nothing）：nothing 一词影射"阴道"。

　　　　　也许这位女士将产下贵嗣，¹
　　　　　让全英伦岛生辉。——（对安妮）我将回禀国王，
　　　　　说我已跟你谈过了。

安妮　　　多谢尊贵的大人。　　　　　　　　　　　官内大臣下

老妇人　　哇，刚才怎么说来着，看吧，看吧！
　　　　　我在宫中低三下四已有十六年，
　　　　　依然还是一个低贱的宫人，
　　　　　无论何时乞求金钱的赏赐，
　　　　　从未有一次碰上刚好的时机，而你——
　　　　　啊，这就是命呀！——
　　　　　刚刚初来乍到——呸，呸，呸，
　　　　　好运就撞到你身上了！——你还没张口呢，
　　　　　就被塞了满满一嘴！

安妮　　　对我来说，这太奇怪了。

老妇人　　滋味如何？苦吗？我出四十便士打赌，不苦；
　　　　　一个故事里讲，以前有一个女士，
　　　　　不愿做王后，就是把埃及的所有沃土
　　　　　都给她，她也不愿。你听过这个故事吗？

安妮　　　得了，你别飘飘然了。

老妇人　　如果让我摊上你的好事，我会
　　　　　飘得比云雀还高。彭布罗克女侯爵？
　　　　　每年俸禄一千英镑，仅仅是有所好感？
　　　　　没有其他义务？凭我的老命发誓，
　　　　　更多的一千英镑将会滚滚而来，

1　也许这位女士将产下贵嗣（But from this lady may proceed a gem）：此处预言安妮生下伊丽
　莎白。

恩荣的后摆总是比前襟要长。现在，

我知道你承受得住公爵夫人的盛名了。[1] 我说，

你现在有没有比刚才强壮些了？

安妮　　好心的夫人，

你想入非非自得其乐吧，

别把我扯进去。如果此事让我兴高采烈，

我宁愿不曾活过；考虑到以后，

此事让我晕眩。

王后尚缺乏抚慰，我们却长久在外逗留，

将王后忘却脑后；求你不要

把在这里听到的话告诉她。

老妇人　　放心好了。

　　　　　　　　　　　　　　　　　　　　　　　　　同下

第四场　　/　　第七景

伦敦，黑衣修士修道院

号角、仪仗号、号筒齐奏。二教堂司仪持银色短杖上；其后二书记官身着博士
服与一名传呼员同上；其后坎特伯雷大主教独上；其后林肯主教、伊利主教、
罗切斯特主教与圣阿瑟夫主教同上；其后间隔稍许距离，一绅士捧装玉玺之囊
袋及红衣主教之帽上；其后，两牧师各持一银十字架上；其后一免冠导引官上，
一手持银质权杖之法庭警官陪同；其后，二绅士手持二巨大银柱上；其后，二

1　我知道……盛名了（I know your back will bear a duchess）：意指安妮会嫁给一位公爵。

红衣主教沃尔西和坎丕阿斯并肩上，二贵族持剑和权杖随上。国王亨利八世在御帐下就座。二红衣主教坐于国王下首充任审判官。有葛利菲斯随侍在侧的凯瑟琳王后在离国王稍远处就座。按宗教法庭布局，主教们分坐两边，书记官坐于其下首。众贵族于主教旁侧就座。其他侍从人员按适当顺序立台上。

沃尔西	宣读罗马敕令之时， 请保持安静。
亨利八世	何须如此？ 此令已公开宣读， 各方均无异议， 你可省下该段时间。
沃尔西	好吧，继续。
书记官	传，"英格兰国王亨利出庭。"
传呼员	英格兰国王亨利出庭。
亨利八世	朕已在此。
书记官	传，"英格兰王后凯瑟琳出庭。"
传呼员	英格兰王后凯瑟琳出庭。

王后不答，从椅子上站起，在法庭内绕行，行至国王面前，在其脚边跪下，然后发言

凯瑟琳王后	陛下，我求您以正义与公道对我， 并赐我以怜悯，因为 我是一个可怜至极的女人， 一个生于异国的女人，此处 没有公正的法官，也难确保 被友善公正对待。啊呀，陛下呀， 我何处触犯于您？我什么样的 行为让您不快， 使您决意将我休弃，

收回对我的恩宠？上天作证，

我一直是您忠贞谦卑的妻子，

总是柔顺事君，唯命是从，

唯恐引起您的不快，

是的，我时时伺察您的喜与怒，

以决定我的乐与悲。我何时

违逆过您的旨意，

何时不是克己奉从？您的哪一个朋友

我没有尽力善待，即使我已知晓

他是我的仇敌？我的哪一个朋友，

只要招惹您生气，

我还继续喜欢他？没有，我是不是

立即声明与其绝交？陛下，请您想想吧，

我是您的妻子呀，二十年来，

我柔顺事夫，并为您

生下了诸多子嗣。[1]

如果您能指证，

在此期间我名节有亏，

妻道未守，或者对您缺乏恩爱，

或未尽为妻之本分，那么以上帝的名义，

请赶我走，在难熬的轻蔑中

将我休弃，并将我送上法庭，

接受严苛的审判。求您了，陛下，

您的父王以为君贤明

---

1 并为您生下了诸多子嗣（and have been blessed / With many children by you）：凯瑟琳为亨利八世生育过六个孩子，但除玛丽外全部夭折。

而著称，才略盖世，
善于决断。我的父亲，
西班牙国王斐迪南，
也被誉为不世而出的
有道明君。他们从各地
广集明达之士探究此事，
确认了我们合法的婚姻，
这是确信无疑的。因此，我谦卑地
恳求您，陛下，先不要遗弃我，
容我征询西班牙
亲友的意见。否则，以上帝的名义，
就遂您之意愿吧。

沃尔西　　王后，您在此
　　　　有您自己选定的
　　　　博学德高的神父，
　　　　他们都是国内上佳之选，
　　　　来此为您辩护。
　　　　您要求法庭推迟判决，
　　　　无论是对您心境的平抚，还是对
　　　　陛下情绪的安定，都是无益的。

坎丕阿斯　　主教大人
　　　　言之有理；因此，王后，
　　　　这次皇家审判继续进行是合宜的，
　　　　无需再行拖延，
　　　　现在请双方陈述诉状。

凯瑟琳王后　红衣主教大人，
　　　　我有话对你说。

沃尔西　　　王后，您有何话？

凯瑟琳王后　大人，
　　　　　　我就要哭了，但是，考虑到
　　　　　　我是王后，或者长久以来我梦想着自己是王后，
　　　　　　且确实为一位国王的公主，我将把我的泪滴
　　　　　　变成火花。

沃尔西　　　请少安毋躁。

凯瑟琳王后　当你谦卑的时候，我会安顺的。不，在你谦卑之前，
　　　　　　否则上帝会惩罚我的。我的确相信，
　　　　　　如山的铁证表明，
　　　　　　你是我的仇敌，因此我抗议，
　　　　　　你不该充当我的审判官。因为是你
　　　　　　在我的夫君和我之间煽风点火，
　　　　　　愿上帝的甘霖将火浇灭。因此，我再度重申，
　　　　　　我对你无比痛恨，是的，我从心里
　　　　　　反对你充当我的审判官，我将你看作
　　　　　　最可怕的敌人，我绝不认为
　　　　　　你会秉公而断。

沃尔西　　　我声明，
　　　　　　您言不由衷，
　　　　　　一直以来，
　　　　　　您仁厚温柔，智慧超过
　　　　　　一般的女人。王后，您冤枉我了，
　　　　　　我对您并无恶意，对您和其他人
　　　　　　也都公正不偏；我到目前所做之事，
　　　　　　或者说我以后的举措，
　　　　　　都是由红衣主教会议所定，

是的，由罗马的红衣主教会议定夺。
您指责我煽风点火，我否认。
国王就在此地，如果让他发现
我否认所做过的事，他会痛加严惩
我的虚伪，而我将罪有应得；是的，如同您
对我的忠诚痛加攻讦。如果他知道，
您对我的指控并非属实，他会知道
我没有陷害您。因此，我全靠王上
还我清白，其方法，就是让您
摒除此念；趁王上尚未
谈及此事，我恳求您，
仁慈的王后，万勿再想方才之言，
也不要再度提及。

凯瑟琳王后 大人哪，大人，
我只是一个单纯的弱女子，
无力对抗你的狡诈。你言辞谦卑恭顺，
把你的地位和圣职，也装扮得
谦卑恭顺；但你的心里
却充满了傲慢、恶毒和骄纵。
你靠命运所赐，还有陛下的恩宠，
平步青云，飞黄腾达，
满朝文武都成了你的仆人，你的话语，
如同你的仆从，所有吩咐，
悉数照办。我必须告诉你，
你关注个人的尊荣
远远胜过你高贵的宗教职责，因此，
我再度拒绝你充任我的审判官，在此，

　　　　　　　当着所有的人，我向教皇申诉，
　　　　　　　把我的案子提交到教皇面前，
　　　　　　　由他来判决。

王后向国王行礼，意欲离开

坎丕阿斯　　王后固执己见，
　　　　　　　对抗法官，而且
　　　　　　　蔑视法庭，此举不当。
　　　　　　　她要退庭了。

亨利八世　　（对传呼员）唤她回来。

传呼员　　　凯瑟琳，英格兰王后，请不要走。

葛利菲斯　　（对凯瑟琳）王后，他们叫你留步。

凯瑟琳王后　你何需在意这些？请你引你的路，
　　　　　　　他们叫你之时，只管继续走。上帝呀，帮帮我，
　　　　　　　他们放纵无礼，令我忍无可忍。请你继续走，走啊，
　　　　　　　我不会停下；不会的，而且再也不会
　　　　　　　因为此事，出现在
　　　　　　　这样的法庭。　　　　　　　　　　　　　　王后和其侍从下

亨利八世　　随你去吧，凯特。
　　　　　　　若世上有人说他有一位
　　　　　　　更好的妻子，凭此虚假之言，
　　　　　　　他将不可信赖。你才是独一无二的——
　　　　　　　如果你罕有的品性、可人的柔婉、
　　　　　　　圣徒般的温良、母仪天下的风范、
　　　　　　　不失威仪的服从，以及其他
　　　　　　　崇高虔诚的品质，对你都恰如其分——
　　　　　　　她乃是风华绝代的王后：她出身高贵，
　　　　　　　而且正如她是一个真正的贵族那样，

她对朕也是真心相待。

沃尔西　　尊贵的陛下，
以最最谦卑的姿态，我恳求陛下，
务必请您当着在场这么多人的面
宣布——既然我被强行绑架，
我就必须要求释放，虽然此时此地
不可能获得完全补偿——我是否
曾在陛下面前陈奏此事？
或者让陛下顾虑重重，
因而将您引诱至此？
感谢上帝，让您有这样一位
尊贵的王后，但我可曾有过只言片语的诋毁
以致损害了她现在的地位？
或玷污了她的令名？

亨利八世　红衣主教大人，
朕恕你无罪。是的，朕以朕的名誉
担保你无罪，你自己清楚
你树敌甚多，他们不知道
为何要跟你作对，只是像乡下的恶狗，
一狗吠，众狗随。由于此辈作梗，
王后才怒火中烧。朕已恕你无罪，
但你还想得到进一步的保证吗？
你一直想让此事平息下去，从未想
将此事闹大，而时常想息事宁人；
朕以朕的名誉起誓，
朕替良善的主教大人宣说作证，
由此证明他的清白。现在，关于此事动机，

朕要耗费诸位一点时间和精神，讲明个中缘由。是这样的，
听好了：
朕最初感到衷肠百转，
良心不安，甚至刺痛，是因为当时的法国大使
巴约讷主教说的一番话，
他受命来到这里，
为奥尔良公爵和
朕的女儿玛丽联姻。此事正在进行中，
尚无定论，他，
朕指的是主教，要求暂缓，
以便他求得其君王示下，
朕的女儿是朕与朕的
亡兄之妻所生，能否算是
王室合法后裔？议婚的暂缓
让朕深受震动，是的，
又如利器穿胸，
让朕战栗不已，其力度之大，
足以让朕杂念迭生，
疑虑重重。原先，朕以为
天不佑朕，福不在兹。
如果朕的王后为朕怀的
是男孩，那么王后的子宫
对于朕的子嗣，正如同陵墓
对于死者的遗骸，因为她的胎儿
要么未生先亡，要么
产后早夭。因此，朕以为，
此乃上天之谴，朕的王国

本应由世间最佳的子嗣来继承，
朕却无缘享受此福了。此后，
朕因国无后嗣而殚精竭虑，
顾虑重重，长吁短叹，
苦不堪言；漂泊在良心的
无边苦海，朕终于驶向
此获救的港湾，这就是
我们为何在此相聚；就是说，
朕意欲将深陷沉疴的良心，
交由本国所有德高望重的神父
和满腹经纶的博士
予以调理。林肯主教，
朕首先跟您私下谈过，您记得
朕对您初次谈及此事时，
是如何痛苦压抑，汗水涔涔。

林肯	我记得很清楚，陛下。
亨利八世	朕已说了很久，请您自己说说， 您当初是如何劝朕的。
林肯	回禀陛下， 此事非同小可， 后果可怕，开始真让我 难以承受，竟至于 向您提了一个自己都不敢相信的大胆建议， 确是恳求陛下您 行目前所行之事。
亨利八世	（对坎特伯雷）朕然后晓谕于您， 坎特伯雷大人，经您同意，

举行目前的审讯；当庭的
各位主教，没有一人不曾受朕征询，
而且朕得到了由你们亲自签署盖章的
特别准许状。因此，继续吧；
因为这绝非针对贤德的王后本人，
而是朕提到过的尖锐棘手的
那几点，继续审下去吧。
只要能证明朕与王后的婚姻合法，
朕以自身生命与皇家尊严起誓，
朕必将与朕的王后凯瑟琳共度此生，
哪怕再有世间罕有、国色天香之人
也不多看一眼。

坎丕阿斯　　禀告陛下，
王后已经退场，最好休庭，
异日再审；
同时还须恳求王后，
撤回她向教皇
提交的诉状。

亨利八世　　（旁白）朕可以看出，
这帮红衣主教们在愚弄朕；
朕厌恶罗马的拖延懒散、阴谋诡计。
博学的克兰麦爱卿 [1]，
请你回来吧。朕知道，你的回归
会给朕带来安慰。——（大声）听朕口谕：
休庭，尔等退下吧。
　　　　　　　　　　　　　　　　众人按登场次序下

1　托马斯·克兰麦当时正在欧洲，为亨利八世离婚一事争取支持。

第三幕

第一场 / 第八景

伦敦，宫廷

凯瑟琳王后与众侍女上，做针线活，一人持琴

凯瑟琳王后　　拿起你的琴，丫头，我心思忧烦，
　　　　　　　唱个歌吧，解我忧烦，如果你会唱的话。活儿别干了。

侍女　　　　（唱）
　　　　　　　俄耳甫斯抚琴吟唱，
　　　　　　　倾倒了冰封的山岗，
　　　　　　　还有严寒中的树木。
　　　　　　　随着他的袅袅乐声，
　　　　　　　草木和花卉在萌生，
　　　　　　　阳光雨露使春常驻。
　　　　　　　不管谁听到他演奏，
　　　　　　　哪怕是大海的浪潮，
　　　　　　　也将会垂首把声消。
　　　　　　　袅袅的乐音真美妙，
　　　　　　　难挨的心思与苦恼，
　　　　　　　在其间酣睡或消了。

侍臣葛利菲斯上

凯瑟琳王后　　何事？

葛利菲斯　　　启禀王后，两位红衣主教
　　　　　　　在客厅求见。

凯瑟琳王后	他们要跟我谈什么吗？
葛利菲斯	听他们的意思，是的，王后。
凯瑟琳王后	请这两位大人
	进来吧。

葛利菲斯下

	他们来找我这个失宠的
	可怜弱女子干什么？
	我不喜欢他们来。以我目前所想，
	他们该是好人，不会为非作歹；
	但是不能以衣冠论人之善恶。

红衣主教沃尔西与坎丕阿斯上

沃尔西	给王后请安。
凯瑟琳王后	两位大人请看，我几乎成了家庭主妇。
	但愿我是十足的主妇，以迎受将来的劫难。
	尊贵的主教大人，你们来此何干？
沃尔西	尊贵的王后，请您带我们
	到您的私室，我们将来意
	向您一一说明。
凯瑟琳王后	就在这里说吧。
	凭我的良心而论，我未曾做过什么事
	需要到角落里密谈；愿其他一切女人
	都能像我一样直抒胸臆。
	主教大人，我比别人幸运的是，
	我不在乎我的行为
	是否被人说东道西，指指点点，
	或被卑下善妒的小人群起而攻之，
	我知道我一生正直。如果你们
	因为我的举止做派来找我，

　　　　　　请直言不讳：真理喜欢正大光明。

沃尔西　　我们全心全意为您好，尊贵的王后¹——

凯瑟琳王后　啊，好心的主教大人，不要说拉丁语。

　　　　　　自我来到此地，并未懈怠到

　　　　　　连本国的语言也没有学会。

　　　　　　怪异的表达，会使我的案子更加怪异可疑，

　　　　　　请您说英语吧，如果您直言，

　　　　　　此处将有几位，为了她们可怜的女主人而感谢您：

　　　　　　相信我，她受了很大的冤屈。红衣主教大人，

　　　　　　即使我有意为非，

　　　　　　也是可以用英语赦免的。

沃尔西　　尊贵的夫人，

　　　　　　我很抱歉，我忠心耿耿

　　　　　　为国王和您效力，却不想引起您

　　　　　　如此深的怀疑；

　　　　　　我等不是来指控您，

　　　　　　让您那人人称颂的美誉受损，

　　　　　　也不想将您骗至悲苦之途，

　　　　　　您受的苦已经够多了，善良的王后；

　　　　　　而是想知道，在国王与您的重大分歧中，

　　　　　　您持何种立场，而且，如同正直诚实

　　　　　　的人们一样，提出我们的意见，

　　　　　　抚慰您的创伤。

坎丕阿斯　　最最尊贵的夫人，

1　原文为拉丁语：*Tanta est erga te mentis integritas, Regina serenissima*。

约克主教大人的秉性高贵热诚，
对您一直恭顺服从，
像所有的善良人一样，已忘怀
您近来对他的实际为人的苛责，
同我一道，为了表示芥蒂已消，
来为您效力和建言。

凯瑟琳王后　（旁白）来陷害我吧。——
（大声）大人们，感谢二位的好意，
（旁白？）你们说起话来像诚实之人：——求上帝明鉴。
但兹事体大，关系到我的名誉——
我担心更关乎我的身家性命——
以我愚拙之智，
对二位这样严肃博学之士，
说实话我不知如何马上给你们一个回答。我本来
与我的侍女做针线，上帝晓得，
我从未预料会见到你们，谈到此事；
请看在我还是王后的份上——因为我感到
我尊荣不再——好心的大人呀，
请给我一点时间，让我征询一下别人的意见。
哎呀，现在我只是一个无友无望的女人。

沃尔西　王后，您惊惧不已，有愧国王的厚爱。
您希望无限，朋友亦有无数。

凯瑟琳王后　在英国，
处处对我不利。大人，你们能想到
会有哪个英国人为我出谋划策吗？
或者忤逆国君之意，公然与我为友，
虽然他不顾一切，真诚待我，

他能作为一个臣民而活着吗？不，说实话，朋友们，

凡能济我之困者，

凡能受我信赖者，都不在此；

他们，就像能安慰我的其他东西一样，

全在我的故土啊，大人们。

坎丕阿斯 愿王后陛下

摒除悲伤，接受我的建议。

凯瑟琳王后 什么建议，大人？

坎丕阿斯 把你的主要问题交由国王处理，

他是最宠爱你的。这样做，

不管对你的名誉，还是对你的案子，

都更好些，因为如果依据审判对你突然发难，

你就会蒙羞受辱而去。

沃尔西 他说得对。

凯瑟琳王后 你们告诉了我你们希望做的事——让我毁灭：

这就是你们基督徒的建议吗？走开。

苍天在上，那里还有一位审判官，

任何国王也收买不了。

坎丕阿斯 您在盛怒中误解我们了。

凯瑟琳王后 这更是你们的可耻之处。我原以为你们是圣洁之人，

在我的心目中，是四主德[1]的两个象征人物，

而现在，我恐怕你们是罪大恶极与虚妄之心的象征；

迷途知返吧，大人们。这就是你们的抚慰吗？

我是一个可怜而迷茫的女人，遭人耻笑，受人轻蔑，

---

1 四主德（cardinal virtues）：指正义（justice）、审慎（prudence）、节制（temperance）和坚韧
（fortitude）四种基本美德。

　　　　　　　难道这就是你们带给我的慰藉?
　　　　　　　我比你们仁慈,不希望你们承受
　　　　　　　我一半的悲痛。但是,我已警告过你们:
　　　　　　　听好了,看在上天的份上,要当心
　　　　　　　我的劫难会很快落到你们的头上。
沃尔西　　　 王后,您完全在谵言妄语,
　　　　　　　把我们的好心当成了恶意。
凯瑟琳王后　 你们把我变得一无所有。呸,
　　　　　　　你们这帮满口基督教义的人!
　　　　　　　如果你们还有公正怜悯之心,
　　　　　　　如果你们不是白披着僧侣之袍,
　　　　　　　你们能把我的冤案推到恨我之人的手中吗?
　　　　　　　唉,他已不与我同床共枕,
　　　　　　　绝情于我业已太久。我老了,大人,
　　　　　　　现在,我与他的所有关系,
　　　　　　　仅靠我的温顺服从来维持。不管发生何事,
　　　　　　　还有什么比这更惨痛?你们的一切努力,
　　　　　　　也不过是要我遭受如此苦恼。
坎丕阿斯　　 您疑虑过甚了。
凯瑟琳王后　 我苟活至今——既然贤德者无友,
　　　　　　　就让我自卖自夸吧——难道不是忠贞之妻?
　　　　　　　毫不夸张地说,难道不是一个从未
　　　　　　　遭人疑忌的女人?
　　　　　　　我难道不是对国王一往情深?
　　　　　　　奉若人间至尊?服从于他?
　　　　　　　难道不是出于挚爱,对他意乱情迷?
　　　　　　　为了取悦他,几乎忘记了自己的祈祷?

难道这就是我的报偿？岂有此理，大人！
请举出一位忠贞事夫的贤妻，
除了让丈夫幸福，从未对其他欢乐梦寐以求，
对于这样一位女人，即便她所作所为面面俱到，
我也比她多一项令名，就是极大的耐心。

教沃尔西 王后，我们意欲为善，您却南辕北辙。

凯瑟琳王后 大人，我不敢犯下此罪，
自愿放弃你的主上娶我时
赐予的那个高贵的名号；除了死亡，
什么也不能剥夺我王后的尊严。

沃尔西 请听我说。

凯瑟琳王后 但愿我当初未曾踏上这片英格兰的土地，
也不曾感受此地衍生的阿谀奉迎。
你们有着天使的面容，但上天会洞悉你们的用心。
现在我将何去何从？成为怨妇吗？
在世间的女人中，我最为不幸。
唉，苦命的丫头们，现在你们福气何在？
我如同船只，触上了一个王国的礁石，没有怜悯，
没有朋友，没有希望，也没有为我洒泪的亲人？
几乎也没有葬我的坟茔？我如一朵百合，
曾在田野怒放，冠绝群芳，
现在却要枯萎、凋零。

沃尔西 尊贵的王后，
如果我们诚实的本心能一正您的视听，
您会感受到更多的慰藉。善良的王后啊，
我们为何要借此事让您受冤屈？唉，我们的地位，
我们的职分，都与此相悖。

　　　　　　　　我们要治愈忧伤，而非播撒哀痛。
　　　　　　　　出于善念，想想您所做的吧，
　　　　　　　　您的行为既可以伤及自身，
　　　　　　　　又使您尽失君王恩宠。
　　　　　　　　君王喜欢让人服从，
　　　　　　　　并乐此不疲，但对违逆之人，
　　　　　　　　他们便雷霆震怒。
　　　　　　　　我知道您秉性高贵，
　　　　　　　　贤淑和婉，请相信我们的表白：
　　　　　　　　我们是和事佬、朋友和仆人。

坎丕阿斯　　王后，您会发现的确如此。您以弱女子的疑惧
　　　　　　　　损害了您的美德。像您这样的
　　　　　　　　尊贵之人，应弃绝一切疑虑，
　　　　　　　　如同弃绝一切伪币。国王爱着您，
　　　　　　　　注意不要失去他的爱。对我们而言，
　　　　　　　　如果您在此事上信任我们，
　　　　　　　　我们就殚精竭虑为您效力。

凯瑟琳王后　随意而为吧，大人们，
　　　　　　　　若我言语唐突，恳请原谅。
　　　　　　　　你们知道，我一个女人，
　　　　　　　　对你们这样的人，不知如何得体应答。
　　　　　　　　请代我向陛下致意：
　　　　　　　　我依然对他魂牵梦绕，在有生之年
　　　　　　　　会依旧为他祈福。来吧，尊贵的神父们，
　　　　　　　　把你们的高见赏赐给我吧。她是在乞求，
　　　　　　　　当日她到此驻足，竟从未想过
　　　　　　　　她购买尊严的代价是如此昂贵。　　　　　　众人下

第二场 / 第九景

诺福克公爵、萨福克公爵、萨里伯爵与宫内大臣上

诺福克　　如果你们合力反诉，

　　　　　　坚持不懈，红衣主教就会

　　　　　　难以招架。如果你们

　　　　　　此次错失良机，那么你们

　　　　　　旧辱未雪，又添新耻，

　　　　　　勿谓言之不预也。

萨里　　　我很乐意

　　　　　　把握住任何机会，

　　　　　　为我的岳父申冤，

　　　　　　向沃尔西复仇。

萨福克　　哪一位贵族

　　　　　　不曾受到他的打压，至少是

　　　　　　排挤蔑视？除了他自己，

　　　　　　他对哪一个贵族

　　　　　　不是嗤之以鼻？

宫内大臣　大人们，你们说得痛快。

　　　　　　我知道在你我手中，他会得到什么报应；

　　　　　　虽然现在时机有利于我们，但我们能

　　　　　　对他怎么样？我不敢肯定。如果你们不能

　　　　　　阻止他接近国王，不要轻易

　　　　　　对他下手，因为此人巧舌如簧，

　　　　　　善于蛊惑国王。

诺福克　　啊，无须怕他，

他再也不能蛊惑国王，因为国王已经发现了
他的不轨之举，其甜言蜜语
已经无效。他已陷入国王的
恼怒之中，求脱无门了。

萨里	大人，如果每小时 都能听到一次这样的消息， 我将乐不可支。
诺福克	相信我，这是真的。 在国王的离异案中，他的两面派 做法已被戳穿，我的这个死对头败象已显， 这正是我所希望的。
萨里	他的诡计 是如何被戳穿的？
萨福克	奇异之极。
萨里	啊，怎么奇，怎么异？
萨福克	红衣主教写给教皇的信件被误送了， 送到了国王的眼前，信上说， 红衣主教恳求教皇， 推迟对离异案的判决， 因为一旦宣判，他说："我料想 国王正对王后的侍女 安妮·博林小姐，爱得难解难分。"
萨里	国王已阅此信？
萨福克	确信无疑。
萨里	会有效用吗？
宫内大臣	国王通过此信，看出他拐弯抹角 谋求私利。但在这一点上，

	他的诡计全部败露，病人死后送处方，
	他来不及了：国王已经娶了
	这位美丽的女士。
萨里	但愿如此。
萨福克	但愿您乐在其中，大人，
	因为我已宣告：您如愿了。
萨里	现在，我为此良缘
	而欢天喜地。
萨福克	祝福吧，阿门。
诺福克	举国同庆吧，阿门。
萨福克	为她加冕的上谕已经颁布，
	圣母马利亚！消息刚刚发布，
	许多人尚未耳闻。但是，大人们，
	她出类拔萃，品貌双全，
	我相信，从她的身上
	许多福祉定会降临此土，
	而此土也定会因此而被铭记。
萨里	国王将会对红衣主教的
	这封信秘而不宣吗？
	上帝保佑！
诺福克	看在圣母分上，阿门。
萨福克	不，不；
	更多的麻烦会像黄蜂般扑面而至，
	迟早要蜇痛他的。红衣主教坎丕阿斯
	已经不告而别，悄悄去了罗马，
	让国王的案子悬而未决，
	他是我们那位红衣主教的代理人，

为落实各项谋划行色匆匆。我敢说，
国王会怒不可遏，骂声连天。

宫内大臣　现在，求上帝匡助，
让他骂得更响些。

诺福克　但是，大人，
克兰麦何时回来？

萨福克　他的信件已经先回来了，
对于离异之事，
他已使国王以及基督教国家的
所有僧院感到满意。我相信，不久之后，
国王再婚的消息便会公布，然后是
新后加冕。凯瑟琳将不再
被称为"皇后"，而是"寡妃"，
或"亚瑟王子的孀妻"。

诺福克　这位克兰麦
才干优长，而且为了国王之事
奔波劳顿。

萨福克　是的，我们可以看到，
他将会为此荣升主教之位。

诺福克　我听说了。

萨福克　是这样的。

红衣主教沃尔西和克伦威尔上

红衣主教来了。

诺福克　看吧，看吧，他恼羞成怒的样子。

沃尔西　那些信函，克伦威尔，你交给国王了吗？

克伦威尔　交到了国王手中，在他的寝宫中。

沃尔西　他读了

	信中的内容了吗？	
克伦威尔	他立即 开启了信函，看到第一封之后， 他气色凝重， 聚精会神。 宣您今早在这里觐见。	
沃尔西	他正准备 出寝宫了吗？	
克伦威尔	凭此判断，我认为是的。	
沃尔西	让我独自待一会。——	克伦威尔下
	（旁白）应该是法兰西国王之妹， 阿朗松女公爵，他应该娶她。 安妮·博林？不可，我不让他娶安妮·博林。 除了俊美的脸蛋之外，还另有其他原因。 博林？不可，我们不要博林。我希望尽快 收到罗马的信函。她已被封为彭布罗克女侯爵了？	
诺福克	他郁郁寡欢。	
萨福克	或许他得知国王 迁怒于他。	
萨里	洞察一切的上帝呀， 让他的怒火更猛烈些吧。	
沃尔西	（旁白）前王后的侍女？一位骑士的女儿？ 去当她女主人的女主人？王后的王后？ 这只蜡烛点不亮，让我剪一下烛芯， 然后把它弄灭得了。我知道，她有德行， 配得上这尊位，那又如何？我还知道她是一个 虔诚的路德教徒，让她投入我们	

難以掌控的國王的懷抱，
將會壞我們大事。何況現在又冒出一個
異教徒，一個大大的異教徒：克蘭麥，
一個攫取了國王寵愛、
國王對他言聽計從的人。

諾福克　　　他在為什麼事憂心忡忡。

國王亨利八世上，讀一文件，洛弗爾隨上

薩里　　　　但願有什麼事磨蝕他的心弦，
最主要的那根心弦。

薩福克　　　國王！國王駕到！

亨利八世　　（旁白）他把多少堆財富
聚斂到了自己的名下？每時每刻，
揮霍了多少錢財？以節儉之名，
他如何聚斂起如此巨富？——（大聲）喂，諸位愛卿，
你們看到紅衣主教了嗎？

諾福克　　　主上，我們一直
站在此處觀察他呢。
他似乎頭腦錯亂：一會咬唇，一會驚跳，
一會突然停住瞅地，
然後又把手指按在太陽穴上，
向前猛躥，又突然止步，
用力捶胸，隨即又
舉目望月。我們看著他
做出了種種最為詭異的舉動。

亨利八世　　正該如此，
他已心煩意亂。今天早上，
他按照朕的旨意，把某些公文

呈送于朕。你们知道有什么东西
在不经意间呈现在朕面前？
其实那是一张财产单，罗列了
他的诸多金器、银器、珠宝，
还有布帛珍玩，
朕发现，如此多珍奇财宝，
非臣子所能有也。

诺福克　此乃天意，
定是某个精灵将此清单
呈送于您。

亨利八世　如果我们认为
他的心思超越世俗，
专注精神世界，那么他该
继续专注下去。但是，朕担心
他心系世间月下，
不值得再为此耗神。

国王落座；与洛弗尔耳语，洛弗尔走向红衣主教

沃尔西　上天宽恕我！——
（对国王）愿上帝保佑陛下。

亨利八世　很好，大人，
你终日忙于上天神圣之事，在你的心里
存有一张你的盛德的清单，
刚刚你是在查点这份清单吧；你专注于精神世界，
几乎没有闲暇
打理俗间的财产；这是肯定的，
所以朕认为你不擅理财，非常高兴
你能成为朕的俗伴。

沃尔西	陛下,
	我将一部分时间用于神圣的事务；
	一部分时间料理
	我身兼的政务；再则，造化生人，
	旨在令其自存自足，
	我作为一羸弱俗子，
	自然与他人无异。
亨利八世	说得好。
沃尔西	请陛下明鉴,
	我履行职责之时，不仅说得好，
	而且做得好。
亨利八世	又是妙语如珠,
	能说会道是一种好的行为，
	但是，话语不是行为。朕的父王宠爱你，
	他确实说过，而且也以他的行动
	对你宠爱有加。自朕即位以来，
	将你引为心腹，不仅令你
	身兼要职肥差，享受尊荣富贵，
	而且还削减朕的财产，
	只为给你赏赐。
沃尔西	（旁白）这是什么意思？
萨里	（旁白）愿上帝把这事扩大！
亨利八世	朕没有让你
	位极人臣吗？请你告诉朕，
	你是否认为朕所言非虚？
	如果你承认朕言属实，那么
	你是否该对朕感恩图报。你有何话要说？

沃尔西　　我的君王，我承认您的恩惠
　　　　　每天都甘霖般降临我身，
　　　　　恩泽之重，纵然我殚精竭虑，
　　　　　集万夫之力，犹难报偿。
　　　　　我心愿无尽，能力短缺，
　　　　　然陛下之恩，亦尽全力报答；
　　　　　我的一切心愿，无不系于
　　　　　王上圣体安康、
　　　　　国家富庶和平。因为
　　　　　陛下厚恩待我，我受之有愧，
　　　　　又无以为报，唯有感恩戴德，
　　　　　对天为陛下祈福，
　　　　　此番忠心与日俱增，
　　　　　死而后已。

亨利八世　答得妙，
　　　　　勾画出了忠顺臣子
　　　　　之形象。忠顺的荣耀
　　　　　便是对忠顺之行的回报，与此相反，
　　　　　不忠的耻辱也是对不忠者的惩罚。
　　　　　可以说，朕对你出手豪阔，
　　　　　心存恩宠，屡加荣耀，
　　　　　无人可及；因此，除了你的职分，
　　　　　你的手、你的心、你的脑，
　　　　　以及你的每一点生命之力，
　　　　　比起对待他人，你对于朕这个朋友，
　　　　　应该表现出更特别的感恩。

沃尔西　　容我剖陈，

　　　　　　我为陛下尽心尽力，
　　　　　　胜过为我自己。现在如此，以前和以后亦如此——
　　　　　　纵然全世界都忠心不再，
　　　　　　背弃了陛下；纵然险象环生，
　　　　　　光怪陆离，狰狞可怖，
　　　　　　非常人所料——但是我的忠心，
　　　　　　宛如惊涛中的礁石，
　　　　　　巍然屹立，
　　　　　　为您效忠。

亨利八世　真高贵之辞也。
　　　　　　诸位爱卿，注意了，他胸怀一颗耿耿忠心，
　　　　　　已经打开展示给各位了。（递给沃尔西一文件）读读这个吧，
　　　　　　读完再读这个，（递给他另一文件）然后用早餐吧，
　　　　　　愿你还有胃口。

　　　　　　　国王对红衣主教蹙眉而视，下；众贵族随下，讪笑低语

沃尔西　这是什么意思？
　　　　　　为何突发震怒？我怎会触怒他？
　　　　　　他对我蹙眉而视，然后离去，好像眼中
　　　　　　迸发出毁灭之力。一只受伤的雄狮，
　　　　　　对于胆敢伤它的猎人，也是如此瞋目而视，
　　　　　　然后取他性命。我必须读一下这个文件，
　　　　　　恐怕这是他发怒的缘由。——（读第一份文件）原来如此，
　　　　　　这份文件把我断送了：这是我
　　　　　　为了个人的图谋而各处
　　　　　　聚敛的财富的清单——说实话，是为了赢得教皇之位
　　　　　　而去收买罗马友人的费用。啊，粗心哪，
　　　　　　傻瓜才会如此！是哪一个恶魔

　　　　　让我把这份机密清单夹在信函里

　　　　　呈送国王？没有办法弥补了吗？

　　　　　没有新的计策消除他的成见了吗？

　　　　　我知道这会重重地刺激他。但我

　　　　　知道一法，如果成功，虽然我时运不佳，

　　　　　依然可以东山再起。是什么？"呈教皇"？

　　　　　这是我向教皇禀报所有要事的

　　　　　那封信。一切全完了，

　　　　　我已臻达我人生的极顶，

　　　　　从至高至极的荣耀之峰

　　　　　现在急剧陨落。我就要像一颗

　　　　　傍晚时明亮的流星划空而过，

　　　　　再也没有人看见我。

诺福克公爵、萨福克公爵、萨里伯爵与宫内大臣上，走向沃尔西

诺福克　　　红衣主教大人，国王有旨，

　　　　　命你即刻将玉玺

　　　　　交于我手，然后搬到

　　　　　温切斯特大人的阿舍官邸[1]，

　　　　　听候国王发落，不得擅动。

沃尔西　　　且慢，

　　　　　你们的授权指令呢，大人们？

　　　　　事关重大，空口无凭。

萨福克　　　我等奉国王口谕而来，

　　　　　谁敢抗旨不遵？

沃尔西　　　你们宣称的旨意与口谕——

1　阿舍官邸（Asher House）：位于萨里郡，是沃尔西担任温切斯特主教一职的府邸。

不过是居心叵测而已——多嘴多舌的大人们，
未经证实，恕不遵从。现在，我知道
你们是用什么材料粗制滥造的了：恶意。
你们热切地盼着我倒霉，
似乎这对你们有利，你们在让我倒霉的每件事中，
都表现得奸猾暴戾！
顺着嫉恨之路步步向前吧，奸恶之人，
你们凭基督教的匡助，在日后
无疑会得到应有的报偿。你们企图
强取豪夺的玉玺，是国王、
也是我和你们的主子亲手赐予；
他准我终身持有，也享有此
尊位与殊荣。为确证此善意，
他特颁谕旨。现在，谁能拿走？

萨里 当初给你玉玺的国王要拿走。

沃尔西 那么由他亲自来取。

萨里 你这个傲慢的叛贼，自大的狂僧。

沃尔西 傲慢的贵族老爷，你撒谎。
四十小时之内，你萨里若是烧掉你的舌头，
也比说出这番话好些。

萨里 你这血腥的罪人，
你野心勃勃，夺走了我的岳父、高贵的
白金汉公爵的性命，致使举国哀悼。
你，以及你所有的红衣主教同伴的头脑，
加上你们的所有的出色才干，
也不抵他的一根头发。你诡计多端，
把我支派到爱尔兰，

不能施以援手，不能觐见国王，不能接触一切
因你强加其身的罪名而对他心怀悲悯的人们。
而正是在其间，你以圣徒般的仁慈悲悯，
用斧头把他彻底赦免了。

沃尔西　　　这些事，以及这位
善辩的大人指控我的一切其他的事，
我可以作答：纯属乌有。公爵依法
宣判。我本人清白无亏，
绝没有挟私怨置他于死地，
有贵族陪审官们和他的罪状为证。
如果我喜欢多嘴，大人，我告诉你，
你既不诚实，也无信誉，
论及对国王——我最尊贵的
主子——的赤胆忠心，
我敢跟比萨里更出色的人，或者跟
所有与他沆瀣一气的人一决高下。

萨里　　　　以我的灵魂起誓，
是你的那件长袍保护了你，否则你该尝尝
我的宝剑刺入你的血肉之躯的滋味。
诸位大人，如此骄横之语，你们岂能忍闻？
何况是从这家伙嘴里说出？如果我们驯良求生，
为一件红袍所蒙骗，
贵族就没指望了。让主教大人上前来，
摇晃他的帽子，把我们当云雀愚弄吧。[1]

1　让主教大人……愚弄吧（let his grace go forward, /And dare us with his cap, like larks）：云雀
易被红色布块所迷惑，落入捕猎者网中。另外，云雀（larks）或亦暗指沃尔西的情妇琼·拉
克（Joan Larke）。

沃尔西　　　　对你的肚子而言，
　　　　　　　一切善德皆毒药。

萨里　　　　　是的，善德是把举国之财富
　　　　　　　聚敛于一人之手，聚敛于
　　　　　　　红衣主教你一人之手；
　　　　　　　善德是在你那封被截获的信中，
　　　　　　　你给教皇写信，反对国王。既然你逼迫我，
　　　　　　　我就让善德的你臭名昭彰吧。
　　　　　　　诺福克大人，您是一名真正的高尚之士，
　　　　　　　因为您关心公众的福祉，关注我们
　　　　　　　受辱贵族的处境，若此人苟活于世，
　　　　　　　我们的子孙将不再显贵，
　　　　　　　把从他一生中收集起来的罪行
　　　　　　　——揭露吧。红衣主教大人，我要让你心惊胆战，
　　　　　　　让你比抱着黄脸的婆娘又亲又啃，
　　　　　　　而礼拜晨钟突然敲响时更为惊惶。

沃尔西　　　　（旁白）我该多么鄙视这个人，
　　　　　　　但我仁爱的职分却禁止我这么做。

诺福克　　　　大人，那些罪状全在国王手中。
　　　　　　　但是可以这样说，都是严重的罪状。

沃尔西　　　　一旦国王查知我的忠诚，
　　　　　　　我无瑕清白的品行，
　　　　　　　世人会看得更清。

萨里　　　　　这救不了你。
　　　　　　　幸而我记性好，我还记得
　　　　　　　几条罪状，将公布出来。
　　　　　　　现在，如果你脸红认罪，红衣主教啊，

　　　　　　你还算有一点诚实。

沃尔西　　　说下去，大人，
　　　　　　我敢于迎受你最恶劣的斥责。如果我脸红，
　　　　　　是因为见证了一个贵族是如何粗俗无礼的。

萨里　　　　宁可无礼数，不可掉脑袋。听好了！
　　　　　　首先，未经国王知悉和同意，
　　　　　　你擅自成为教皇代理人，凭此权力，
　　　　　　你侵夺了所有主教的管辖权。

诺福克　　　其次，你在给罗马或其他
　　　　　　国家的君王写信时，总要写
　　　　　　"我和我的君王"[1]，凭此你把
　　　　　　国君变成了你的仆从。

萨福克　　　再次，未经国王和
　　　　　　枢密院知悉，你出使谒见
　　　　　　神圣罗马帝国皇帝时，
　　　　　　擅自将国玺带到了佛兰德[2]。

萨里　　　　再次，未经国王同意或政府许可，
　　　　　　你擅自派遣了一个庞大的代表团，
　　　　　　去见格雷戈里·德·卡萨多[3]，
　　　　　　签订了国王和费拉拉公爵[4]的联盟。

萨福克　　　出于你纯粹的野心，你把你的圣冕

1　"我和我的君王"：原文为拉丁文 *Ego et Rex meus*；诺福克据此认为沃尔西把自称的"我"放
　　在"君王"之前属冒犯之举，但拉丁语法确实要求按此顺序表达，因此沃尔西的真正罪过是
　　把他自己和国君相提并论。
2　佛兰德（Flanders）：当时属尼德兰（the Netherlands）的欧洲一地区。
3　格雷戈里·德·卡萨多（Gregory de Cassado）：英国派驻罗马教廷的大使。
4　费拉拉公爵（Duke of Ferrara）：意大利城邦费拉拉的公爵。

	铸到了国王的钱币之上。
萨里	另外，你将无数财宝——
	这些财宝是怎么来的，你问你的良心——
	运到罗马，为你的飞黄腾达
	铺平道路，不惜让全英国
	陷入困境。还有更多的罪行，
	都是你犯下的，污秽不堪，
	我不想因宣说而脏了我的嘴。
宫内大臣	啊，大人，
	不要再落井下石了。这是美德。
	他有过错，自有法律制裁惩办，
	而不是你。看到自高自大的他
	变得如此卑微，我的心在为他哭泣。
萨里	我宽恕他。
萨福克	红衣主教大人，国王另有旨意，
	鉴于你近来以教皇代表的名义
	在英国的一切所作所为，
	已犯蔑视王权罪 [1]，因此，
	又下达了一条针对你的圣谕，
	没收你的一切财产、土地、府邸、
	城堡，诸如此类，
	概不豁免。这就是我接到的命令。
诺福克	现在，我们就让你去反省一下，
	如何改过自新。至于你
	对交还玉玺所做的顽固答复，

1　蔑视王权罪（praemunire）：遵奉教皇司法权威而违逆国王旨意的罪过。

我们会如实禀报，国王无疑会感谢你的。
那么再会了，不怎么好的红衣主教大人。

除沃尔西外，众皆下

沃尔西　　再会吧，你们给予我的不怎么多的善意。
再会？应该是和我的尊贵荣耀说永别了。
这就是人生世态：今天，他长出了
希望的嫩叶；明天蓓蕾纷绽，
繁花盛开，万紫千红；
第三天风霜肃杀，一片凋零，
优哉游哉的好人哪，他本以为人生伟业
就要成熟，却突遭连根摧败，
他就垮掉了，跟我一样。多少年来，
我就像抱着气囊戏水的孩童，
在荣耀的海洋中徜徉已久，
但离岸过远。我那过于膨胀的
骄纵气囊现在终于崩裂，把因为多年辛劳
而疲惫衰老的我交由
汹涌的波涛，势必永久沉沦。
尘世的虚荣，我恨你。
我感觉我的心重新打开了。啊，那些依靠
君恩而苟活的可怜人是多么悲惨啊！
从我们所期待的君王的展颜一笑，
到君王给我们的灭顶之灾，其间的痛苦惊惧，
远胜过战争的劫难和女人的背叛。
当他一旦落败，如同落败的撒旦，
地狱永沉，万劫不复。

克伦威尔上，惊慌站立一旁

    怎么回事，克伦威尔？

克伦威尔 我无力说话了，大人。

沃尔西   怎么，对我的不幸
    吃惊了？你的心里可曾想过，
    一个伟大的人物也会倒台？
    不要，如果你都哭泣，那我的确倒台了。

克伦威尔 大人，您还好吗？

沃尔西   哦，好。
    从未如此真正高兴过，善良的克伦威尔。
    我现在才认识了我自己，我在我的体内
    感受到了一种超越世间任何尊荣的祥和，
    一种良心上的安宁。国王治愈了我，
    我要谦卑地感谢国王陛下，蒙他可怜见，
    从我的肩上，从这坍塌的立柱之上，拿走了
    可以沉没一只舰队的重负：这就是太多的荣耀。
    啊，负担啊，克伦威尔，这是负担，
    对希望升天者来说，是太重的负担。

克伦威尔 我很高兴，大人您能正视您的劫难。

沃尔西   我希望如此。我想，通过我
    能感受到的心灵之力，我目前能够
    承受比我的怯懦的敌人胆敢
    强加于我的更多、更深重的灾难。
    外面有什么消息？

克伦威尔 最沉重和最糟糕的消息
    是您失宠于国王。

沃尔西   上帝保佑他。

克伦威尔　　另一个消息是，托马斯·莫尔爵士被选为
　　　　　　大法官，接替您的位置。

沃尔西　　　有点突然，
　　　　　　但他是个博学之人。愿他长久地
　　　　　　得到君王的宠幸，讲真理，凭良心
　　　　　　克行公正，当他走完人生路、长眠于
　　　　　　祝福声中之时，愿他的骸骨领受一掬
　　　　　　孤儿泪，葬于陵墓之中。[1]
　　　　　　还有什么消息？

克伦威尔　　克兰麦回来了，受到了欢迎，
　　　　　　被任命为坎特伯雷大主教。

沃尔西　　　这倒是一条新闻。

克伦威尔　　还有，安妮女士已经与
　　　　　　国王秘密结婚很久了，
　　　　　　今天以王后的身份公开露面，
　　　　　　到教堂去了，现在人们谈论的
　　　　　　是给她加冕的事情。

沃尔西　　　这就是压倒了我的砝码。
　　　　　　啊，克伦威尔，
　　　　　　国王已经抢先了，我所有的尊荣
　　　　　　就是因为这个女人而永远失去的。
　　　　　　太阳将不会再给我带来荣耀，
　　　　　　也不会向一大帮在我身边侍奉承欢者
　　　　　　身上洒满金辉。去吧，离开我吧，克伦威尔。

1　愿他的骸骨……之中（May have a tomb of orphans' tears wept on him）：大法官是国内所有
　　21 岁以下孤儿的监护人，故有此语。

　　　　　　　我是一个可怜的失意人，现在不值得
　　　　　　　当你的主子大人了。找国王去吧——
　　　　　　　我祈愿他是永远不落的太阳——我已禀告过他
　　　　　　　你是多么忠实，他会提拔你的。
　　　　　　　只要一想起我，他就会心起波澜——
　　　　　　　我是知道他高贵的秉性的——不要让你的远大前程
　　　　　　　也化为乌有。善良的克伦威尔，
　　　　　　　要亲近国王，利用现在的机会，
　　　　　　　为你自己将来的安全作铺垫吧。

克伦威尔　　啊，我的主子，
　　　　　　　我一定要离开您吗？我必须舍下一位
　　　　　　　如此善良、如此高贵、如此真心的主人吗？
　　　　　　　所有软心肠的人们，为我作证吧，
　　　　　　　克伦威尔离开他的主人的时候是多么伤恸。
　　　　　　　我将去投靠国王，但我
　　　　　　　将永远永远为您祈祷。

沃尔西　　　克伦威尔，面对我这所有的灾难
　　　　　　　我不想落泪，但你以你的真诚
　　　　　　　逼着我像女人一样落泪了。（落泪）
　　　　　　　让我们擦干眼泪吧。听我说，克伦威尔，
　　　　　　　当我被人遗忘，这是肯定的，
　　　　　　　长眠于落寞冰冷的石棺内，没有人
　　　　　　　再说起我，你就说我曾教过你；
　　　　　　　就说沃尔西曾在飞黄腾达之时，
　　　　　　　感受过尊荣的深潭和浅滩，
　　　　　　　通过他的倾覆，为你发现了上进之通途——
　　　　　　　确保无虞的通途，虽然你的主人迷失了它。

记住我的倾覆，也记住我倾覆的根由。
克伦威尔，我正告你，摒弃野心，
有野心的天使也会沉沦，由造物主凭自己的
形象造出的人类，如何希求靠野心获胜？
要把爱你自己放在最后，珍爱那些痛恨你的人，
腐败是赢不了诚实的。
你的右手要永远抱持温良和平，
以平息讻讻之口。要公正，勿恐惧。
你行动的所有目标，就是你的国家、
你的上帝，还有真理。那样如果你落败了，啊，克伦威尔，
你也是作为一个有福的殉难者落败的。
为国王效忠。请你领我进去，
把我的所有财物列一个清单，
直到最后一个便士，都是国王的。
我现在敢于声称属我所有的，
只有我的袍子，以及我对上天的忠诚，
啊，克伦威尔，克伦威尔，
假如我侍奉上帝有我侍奉国王
一半的热诚，他就不会在我垂老之年
把我赤条条留给我的敌人了。

克伦威尔　　善良的大人，您忍耐一下。

沃尔西　　我已经忍耐了。别了，宫廷尊荣的希望，
我的一切希望都在天国了　　　　　　　　　　同下

第四幕

第一场 / 第十景

伦敦，威斯敏斯特—街道

二绅士上，会面寒暄，绅士甲持一页纸

绅士甲　　又遇到您了，真是太好了。

绅士乙　　幸会。

绅士甲　　您来这里站着，是想看看
　　　　　　加冕之后的安妮夫人由此经过吧。

绅士乙　　正为此事而来。我们上次相遇，
　　　　　　是白金汉公爵受审后出来的时候。

绅士甲　　一点不错。但是，上次让人愁肠百结，
　　　　　　这次令人欢乐开怀。

绅士乙　　不错。我确定，市民们
　　　　　　对此事尽显其忠诚之心——
　　　　　　因为这是他们的权利，他们总是热衷于此——
　　　　　　为庆祝今天的王后加冕，
　　　　　　他们要举行表演、游行和各种喜庆活动。

绅士甲　　盛况空前，
　　　　　　我敢说，受欢迎程度也前无古人。

绅士乙　　我斗胆相问，您手里那张纸上，
　　　　　　写的是什么？

绅士甲　　哦，这是今天
　　　　　　按照加冕礼的程式

要求参加加冕仪式的成员名单。

列第一位的是萨福克公爵，

申请担任加冕礼总管；下一位是诺福克公爵，

他要担任典礼大臣。其余部分你自己读吧。

绅士乙　　谢谢您，先生。如果我不知道这些程式，

我倒要仰仗您的名单去了解一二了。

但是，我要向您请教，寡妃凯瑟琳

怎么样了？她目前境况如何？

绅士甲　　这个么，我也可以告诉你。

坎特伯雷大主教，连同手下诸多

高贵博学的神父们一起，

最近在离凯瑟琳寡妃所栖身的安普西尔城堡

六英里的邓斯特布尔[1]开庭。

她被数度传讯，但拒绝出庭。

长话短说，由于她拒绝出庭，

以及国王最近的不安，所有这些

博学之士一致判决她被离婚，

前次婚姻无效，

此后，她被迁往金莫顿城堡[2]，

在那里一病不起。

绅士乙　　唉，善良的女士。（号声起）

鸣号了，往边上站，王后来了。（奏双簧管）

1　邓斯特布尔（Dunstable）：贝德福德郡（Bedfordshire）的一个小镇，位于伦敦以北 35 英里处；安普西尔城堡（Amphill）实际上在邓斯特布尔以北 10 英里处。

2　金莫顿城堡（Kimbolton）：剑桥郡的一个城堡，离亨廷顿（Huntingdon）不远。

加冕典礼行列次序

1. 喇叭齐奏欢快花腔。

2. 随后，二法官上。

3. 捧玺囊、权杖者引大法官上。

4. 唱诗班合唱。乐师演奏音乐。

5. 伦敦市长持权杖上。然后嘉德司礼官[1]佩戴徽章上，头戴镀金铜冠。

6. 多塞特侯爵上，持金杖，头戴小金冠。萨里伯爵伴之，持顶端有鸽子形象的银杖，头戴伯爵冠。戴连环S形金质装饰链。

7. 萨福克公爵，着大礼服，头戴小冠，持白色长杖，充任加冕礼总管。诺福克公爵伴之，持典礼大臣手杖，头戴小冠。戴连环S形金质装饰链。

8. 四位五港男爵[2]举华盖上，王后安妮着礼服立于华盖下，头发披散，上缀满珠宝，戴王后之冠。伦敦主教和温切斯特主教立于两侧。

9. 老诺福克公爵夫人上，戴缀满花朵之金冠，执王后之裙摆。若干贵妇或伯爵夫人上，头戴没有花朵装饰的金色头环。

    肃穆的队列依次走过舞台，下。两绅士谈论评点

绅士乙　　哇，真是君王风范的队列；我知道这些人。

　　　　　　但那个手持金杖的是谁？

绅士甲　　多塞特侯爵，

1　嘉德司礼官（Garter King-at-Arms）：英国纹章院的主脑，也是皇家典礼仪式的主要协理官。

2　五港，即英格兰东南部的五个港口城市，分别是：多佛尔（Dover）、黑斯廷斯（Hastings）、桑威奇（Sandwich）、海斯（Hythe）和罗姆尼（Romney）。五个港市的男爵有在皇家典礼上共举华盖的特权。

那位是萨里伯爵，手持银杖的那个。

绅士乙 一位勇武的绅士。那一个
该是萨福克公爵吧？

绅士甲 是的，加冕礼总管大人。

绅士乙 那位是诺福克大人吧？

绅士甲 是的。

绅士乙 愿上天保佑您！（他看安妮）
您有一副我所见过的最美的妙容。——
先生，她美若天仙，这是确信无疑的。
我们的国王富可敌国，
当他拥抱那个美人时，[1] 不更是富甲天下了吗？
难怪他良心不安。[2]

绅士甲 为她举着华盖的人，
这四位男爵
正来自于五港同盟。

绅士乙 这些人是幸福的，
其他靠近她的人也是如此。
我想，那位提着王后裙摆的贵族老妇人，
该是诺福克公爵夫人吧？

绅士甲 是的，其他的都是伯爵夫人。

绅士乙 看看她们的小金冠就知道了。真是群星璀璨，
只是有时也会陨落一些。

绅士甲 别说这个。

队列下场完毕。继而喇叭高奏花腔

---

1 当他拥抱那个美人时（When he strains that lady）：此处暗示国王与王后行房交欢。
2 难怪他良心不安（I cannot blame his conscience）：conscience 一词有"生殖器"的含义。

绅士丙上

绅士甲	上帝保佑您,先生。您在哪里挤了一身汗?
绅士丙	在教堂内的人群中,拥挤得 连一根手指头都伸不进去;[1] 群情振奋,令我窒息。
绅士乙	你看到 加冕典礼了吗?
绅士丙	是的。
绅士甲	怎么样?
绅士丙	颇值一看。
绅士乙	好先生,跟我们说说。
绅士丙	尽我所能吧。浩浩荡荡的 大人们和贵妇们,把王后引到 那个特设之位,就离开了她, 而她在那里落座, 小憩一会儿,估计半小时左右, 在那富丽堂皇的宝座之上, 把她美丽的妙容呈现给众人。 相信我,先生,这是男人 所能娶到的最美的佳丽了。 人们饱览之后,啧啧之声顿起, 正如暴风中巨浪冲击船缆的喧嚣, 声之高,嘴之杂,罕有其匹。帽子、袍子—— 应该还有紧身上衣——都抛入空中,如果他们的脸

---

1 拥挤得连一根手指头都伸不进去（where a finger / Could not be wedged in more）：此处可能带有性暗示。

是松弛的，今天他们也会把脸弄丢的。
我以前从未经历如此欢闹的场面。大腹便便、
还有半个周就要临产的女人们，就像是
古代战争中的撞城机，横冲直撞，把人们
撞得东倒西歪。没有哪一个男人
在那里喊"别挤着我老婆"，所有的人
都奇怪地被编织成一体了。

绅士乙　　接下来怎么样了呢？

绅士丙　　最后，王后陛下起身了，迈着谦恭的步伐
来至圣坛，跪下去，圣徒一般
把她的秀目投向天空，虔诚地祈祷。
然后起身，向人们鞠躬行礼，
然后在坎特伯雷大主教的引导下，
她领受了王后该有的一切，
有圣油、圣徒爱德华的金冠、
王后之杖、和平鸽，一切精妙的象征之物
都被隆重加身了；礼毕之后，汇集了
全王国最佳歌手的合唱队
同声齐唱感恩赞美诗。然后她离开了，
以同样盛大的铺排回到
约克官邸，在那里举办宴会。

绅士甲　　先生，时过境迁，
你不要称之为约克官邸了。
自从红衣主教倒台后，名号已改，
为国王所有，称之为白厅。

绅士丙　　我知道，
是刚刚改的，我一时难以

改口而已。

绅士乙　在王后两侧随行的
那两位主教是谁？

绅士丙　是斯托克斯利和加德纳，后者是温切斯特主教，
原来是国王秘书，最近刚升任的；
另一个是伦敦主教。

绅士乙　据说温切斯特主教
对贤德的大主教克兰麦
不太友善。

绅士丙　这是众所周知的。
不过，并无大的隔阂；如有不谐，
克兰麦会找到一位忠贞不贰的朋友。

绅士乙　请问，会是谁？

绅士丙　托马斯·克伦威尔；
一个对国王忠心耿耿的人，还是一位真诚
的至交好友。国王已命他
担任珍宝库总管，
也已进入枢密院。

绅士乙　再合适不过了。

绅士丙　是的，这是毫无疑问的。
来吧，先生们，你们跟我走，
去宫廷里，做我的客人，
我在那里还有点影响力。一边走，
我将再告诉你们一些事。

绅士甲和绅士乙　承蒙关照，先生。　　　　　　　　　众人下

第二场　　/　　第十一景

剑桥郡，金莫顿城堡

寡妃凯瑟琳抱病在身，由她的导引官葛利菲斯和侍女佩慎丝[1]搀扶而上

葛利菲斯　　您感觉如何？

凯瑟琳　　啊，葛利菲斯，难受欲死。

我的腿如同挂满了果子的树枝，弯向地面了，

真想脱离这些负担。坐到椅子上吧。

现在，我感到舒服多了。

葛利菲斯，你搀着我走的时候，是不是告诉我，

伟大的荣耀之子红衣主教沃尔西已经死了？

葛利菲斯　　是的，娘娘，但我以为刚才您

痛苦难当，没有听清。

凯瑟琳　　求你了，善良的葛利菲斯，告诉我，他是怎么死的。

如果死得安详，他走在我前面，

或许为我做个榜样。

葛利菲斯　　很安详，娘娘。有人说：

在果敢的诺森伯兰伯爵

在约克将他拘捕，把他作为囚犯

押解他前去受审之前，

他突然病倒，病体沉重，

连骡子都不能骑了。

凯瑟琳　　啊，可怜的人。

1　佩慎丝英文原文为 Patience，"忍耐"之意。——译者附注

葛利菲斯　　最后，他几度停顿，才到莱斯特 [1]，

在一个修道院住下，在那里，可敬的院长，

还有所有的修士，都非常恭敬地接待了他，

他对他们说："啊，院长神父，

一个饱经世事忧患的老人

把他那疲惫的骸骨送到你这儿来了。

请发一发慈悲，把他埋在一隅吧。"

然后他上床了，其病情

越来越重。三天之后，

大约八点钟，这是他预言过的

他命终的时刻，充满了悔恨，

带着冥思、眼泪和忧伤，

把荣耀交还给俗世，

让灵魂归于天国，他平安睡去了。

凯瑟琳　　愿他安息吧，愿他的过错不至于惊扰他的宁静。

但时至今日，葛利菲斯，请准许我宽容地

指摘一下他。他这个人

欲望无穷，甚至将自身

与君王同列。玩弄权谋，

挟制整个王国，买卖圣职，

把自己的意见当成法律。在君王面前，

他谎话连篇，模棱两可，

语意含糊。他从来没有恻隐之心，

除非在他意欲毁掉一个人的时候。

他的诺言像他的过去，义薄云天；

1　莱斯特（Leicester）：莱斯特郡（Leicestershire）的主要城镇，在英格兰中部。

他的实际行动却像他的现在，空洞无物。
他败坏了自身，
带坏了教会中人。

葛利菲斯 高贵的娘娘，
男人的恶行是长在铜里的，
其美德是写在水上的。您现在是否愿意
听我说说他的善行？

凯瑟琳 是的，好心的葛利菲斯，
否则的话，我又要恶语相加了。

葛利菲斯 这位红衣主教大人
虽然出身卑微，但毫无疑问
注定会扬名显贵。他在摇篮之中，
就是一个学者，优秀而持重；
聪明绝顶，能言善辩。
在不喜欢他的人的眼里，这是孤傲尖刻，
但对与他交往的人来说，他又温暖如春。
虽然他贪得无厌，
这是一宗罪，但是在馈赠上，娘娘，
他又出手豪阔：他在伊普斯威奇和牛津
建了两所学院，
就让其为他作证吧。其中一所随他的倒台而关闭，
愿意与他的善举共相始终；
另一所虽未完全建成，但已声名鹊起，
造诣非凡，蒸蒸日上，
将令基督教国家感念他的德行。
他的倒台给他带来极大快乐，
因为那时，直到那时，他才认识自己，

发现做一个无名之辈的福祉。

而且，他怀着对上帝的敬畏死去了，

在垂老之年获得了世人不能给他的更大荣誉。

凯瑟琳　　在我死后，我不希望别人宣扬

我生前的举动和事迹，

让我的令名不朽，

我只需要一个像葛利菲斯一样的正直史官。

那人活着的时候，我恨之入骨，但是你用

虔诚的事实与节制将我感化，

在他死后，我也要对他礼敬了：愿他安息。

（对佩慎丝）佩慎丝，离我近一点，让我躺得低一些，

我麻烦你的时间不会很长了。好心的葛利菲斯，

在我静坐冥思、升往天堂之时，

请把乐师们叫过来，给我演奏一首

我所指定的那首哀伤的安魂曲吧。

哀伤肃穆乐声起，凯瑟琳睡去

葛利菲斯　她睡了。好姑娘，让我们安静地坐着，

以免弄醒她。佩慎丝，声音轻一些。

梦境

六人身穿白袍，头戴桂冠，脸罩金色面具，手执月桂枝或棕榈枝，神色庄严，步履轻盈，鱼贯登场。六人先向她鞠躬施礼，然后开始跳舞。舞姿数度变换之后，前两个舞者将一个多余的桂冠戴于她头上，其余四舞者施礼朝拜。然后，前两个舞者将桂冠交于另外两个舞者，这两人跳过几段舞蹈之后，也将桂冠戴于她头上。做完该动作后，这两人将该桂冠交于最后两个舞者，后两人重复前两人动作。在其间，似乎是有所感应，她在睡眠之中作出欢快举动，将手伸向天空。

　　　　　　　然后，舞者们手持桂冠，边舞边退场。音乐继续

凯瑟琳　　和平的精灵们，你们在哪里？你们都走了，
　　　　　　　留下我一个人受苦受难吗？

葛利菲斯　娘娘，我们在这里。

凯瑟琳　　我不是叫你们。
　　　　　　　在我睡觉之时，你们没有看到别人进来吗？

葛利菲斯　没有，娘娘。

凯瑟琳　　没有？难道你们刚才没有看见
　　　　　　　一群天使邀我赴宴，他们那亮丽的脸庞
　　　　　　　像太阳一般，将万道金光投射到我的脸上？
　　　　　　　他们许给我永久的幸福，
　　　　　　　并给我带来一个桂冠，葛利菲斯，我感到
　　　　　　　我还不配去戴那个桂冠；但以后会戴的，我敢肯定。

葛利菲斯　我非常高兴，娘娘，您做了
　　　　　　　这样的一个好梦。

凯瑟琳　　让乐师下去吧，
　　　　　　　他们演奏生硬，让我受不了。（音乐止）

佩慎丝　　（佩慎丝与葛利菲斯旁白）你是否注意到
　　　　　　　娘娘她突然有变？
　　　　　　　她的脸是不是拉得好长？脸色是不是很苍白，
　　　　　　　而且带着泥土般的冰冷？注意她的眼睛！

葛利菲斯　她要走了，姑娘。祷告吧，祷告吧。

佩慎丝　　愿上天给她慰藉。

　一信差上

信差　　　娘娘，请您容许我——

凯瑟琳　　你这无礼的小子，
　　　　　　　我不值得你礼数周全吗？

葛利菲斯 （对信差）你活该受责，
你知道她不愿失去往日的尊严，
竟然如此粗鲁无礼。快跪下。

信差 我谦卑地恳求娘娘您的宽恕，
我来时仓猝，礼数不周。有一位绅士，
是国王派来的，等着要见您。

凯瑟琳 请他进来，葛利菲斯。但是，这个家伙
别让我再看见他了。 信差下

葛利菲斯领凯普切斯勋爵上

如果我没有看错，
你是我的神圣罗马帝国皇帝外甥派来的
使节，你的名字叫凯普切斯。

凯普切斯 是的，娘娘。为您效劳。

凯瑟琳 唉，大人，
自从你首次见到我之后，时过境迁，
我的情形已发生了怪异的变化。但请问你，
你这次前来，是何事由？

凯普切斯 高贵的娘娘，
首先，我代表我自己，来为您效命；
其次，国王让我来拜访您，
他对您身体欠佳深感悲恸，
他通过我向您致意，
衷心希望您好好保重。

凯瑟琳 啊，好心的大人，这种抚慰来得太迟了，
这好比是先斩首，再赦免；
如果及时，这副妙药或许能将我医好，
但现在，除了祈祷之外，一切安慰都对我无用了。

陛下好吗？

凯普切斯　陛下身体很好，娘娘。

凯瑟琳　愿他永远康泰，

而让我身付蛆虫，我可怜的名字

被国人遗忘。佩慎丝，我让你写的

那封信发出去没有？

佩慎丝　没有，娘娘。（将信递给凯瑟琳）

凯瑟琳　先生，我向您谦卑地恳求，

请把这封信交给国王，我的夫君。（将信递给凯普切斯）

凯普切斯　非常乐意，娘娘。

凯瑟琳　在这封信里，我托他照料

我们贞洁之爱的明证，他年幼的女儿——

愿上天的福泽纷至沓来，甘露般加诸她身——

请求他给予她德行的教养。

她还年幼，天性既高贵，又谦逊，

我希望她一切皆好——多爱她一点，

为了她的母亲的缘故，唯有上天知道，

她的母亲对她的爱有多深厚。我的下一个可怜的

请求是请高贵的陛下同情一下

我那些可怜的侍女们，长年累月，不管我得意

还是失意，她们都忠诚地侍奉我。

讲到德行高洁，心地纯美，

忠贞真诚，举止端方，

她们当中没有一个不该

配上一个正直的好丈夫——即便他是个贵族——

男人们娶了她们，肯定会幸福无比。

对此我敢发誓，而且现在的我也不会撒谎。

最后，我要为我的男仆请求——他们是最可怜的，

但是，贫穷从未使他们离开我——

请把他们应得的薪金付给他们，

另请额外加赏，作为对我的纪念。

如果上苍愿意让我活得长些，

拥有足够的资财，我们不至于这样分离。

这些就是全部的内容，好心的大人呀，

凭你在这世上的最珍爱之物发誓，

而且你希望基督的和平降临到离别之人身上，

请做这些穷人们的朋友，恳求国王

达成我这最后的心愿。

凯普切斯　　向苍天起誓，我会的，

否则，我此生枉为男人身！

凯瑟琳　　　谢谢你，忠厚的大人。请对陛下

转达我卑微的问候。

告诉他，他在世间的长久麻烦

现在即将逝去。告诉他，我在死的时候也会为他祈祷，

我将来会这样的。我的眼睛发昏。再会吧，

大人。葛利菲斯，别了。不，佩慎丝，

你还不能离开我。我要到床上去，

叫更多的侍女们来。当我死的时候，好姑娘，

给我王后的体面与尊荣：在我的身上

撒满圣洁的鲜花，让所有的世人知道，

我葬入坟茔时，依然是一个贞洁的妻子；给我涂抹香膏，

然后为我举丧。虽然我王后之位已被废，但是

依然像对待王后和公主一样葬我。

我不能再说了。　　　　　　　　　　众人挽凯瑟琳下

第 五 幕

第一场 / 第十二景

伦敦，宫廷

温切斯特主教加德纳上，一侍童举火把在前引路，迎上托马斯·洛弗尔爵士

加德纳 一点了，小子，是不是?

侍童 已经敲过一点了。

加德纳 这该是满足身体自然之需的时刻，
可不是玩乐的时候，该用舒适的睡眠
恢复我们的体力，我们不该
浪费这时光。晚上好，托马斯爵士，
这么晚了，到哪里去?

洛弗尔 您是从国王那儿来吗，大人?

加德纳 是的，托马斯爵士。我告退之时，
他正和萨福克公爵玩纸牌。

洛弗尔 在国王就寝前，
我也必须觐见他。告辞。

加德纳 请留步，托马斯·洛弗尔爵士。是什么事?
您似乎行色匆匆。如果您
不以为忤，请跟您的朋友说说
您近来忙什么。人们说，
半夜三更，鬼祟出动;
您半夜奔忙，较之白天，
恐事体非常。

洛弗尔　　大人，我是爱戴您的，
　　　　　　比这更大的机密
　　　　　　我也敢向您透露。王后即将分娩——
　　　　　　他们说危急万分——担心
　　　　　　她将会难产身亡。

加德纳　　我真心祈愿
　　　　　　她孕育的这颗果实
　　　　　　能够平安降生；但是，托马斯爵士，
　　　　　　至于结了这果子的树，我希望它被连根掘起。

洛弗尔　　我觉得我要
　　　　　　喊"阿门"了，不过凭良心说，
　　　　　　她是个好人，也是一位美丽的女士，
　　　　　　值得我们为她祝福。

加德纳　　但是，先生，先生，
　　　　　　听我说，托马斯爵士，你是一位绅士，
　　　　　　与我信仰相同，我知道你明智虔诚，
　　　　　　让我告诉你吧，永远不会吉祥如意的——
　　　　　　不会的，托马斯·洛弗尔爵士，相信我吧——
　　　　　　直到她的左膀右臂克兰麦和克伦威尔，
　　　　　　和她一起长眠在坟墓里。

洛弗尔　　啊，爵士，你谈到了我们王国中
　　　　　　最显赫的两个人。就克伦威尔而言，
　　　　　　除了珍宝库总管的职务，还被任命为
　　　　　　法院要职，兼任国王秘书。还有，爵士，
　　　　　　他正平步青云，扶摇直上，
　　　　　　官运亨通。大主教是
　　　　　　国王的臂膀和喉舌，而且，有谁敢

对他说个不字。

加德纳　　有的，有的，托马斯爵士，

有敢说不字的人，我自己也曾

表达过对他的意见。就在今天，

爵士，我可以告诉你，我认为，

我已经捅了枢密院的马蜂窝，因为他是——

我知道他是，他们也知道他是——

异教徒的首领，传染全国的

瘟疫。他们听了，激动之下，

就禀告了国王，圣上恩典有加、关切非常，

听取了我们的指控，

并通过我们陈述的因由，预见

灾祸即至，已经下旨，让他

在明天早上到枢密院

接受讯问。他是一棵猛长的杂草，托马斯爵士，

我们必须把他根除。我耽搁您

太久了。晚安，托马斯爵士。

洛弗尔　　晚安，晚安，大人。愿继续为您效劳。　　加德纳与侍童下

国王亨利八世与萨福克上

亨利八世　　（对萨福克）查尔斯，朕今晚不再玩了。

朕心不在焉，非你对手。

萨福克　　　陛下，我以前从未赢过您。

亨利八世　　是很少赢，查尔斯，

只要朕全神贯注，你就落败了。

洛弗尔，现在有王后的消息吗？

洛弗尔　　　我没能亲自把陛下的旨意

传达给她，而是让她的侍女

　　　　　　　　转达了，该侍女以最卑微的
　　　　　　　　口吻，转达了她的谢意，祈愿陛下您
　　　　　　　　为她至诚地祷告。

亨利八世　　啊？你说什么？
　　　　　　　　为她祷告？怎么，她哭叫了吗？

洛弗尔　　　她的侍女是这么说的，她临产的痛楚
　　　　　　　　几乎让她死去活来。

亨利八世　　啊呀，善良的女子。

萨福克　　　愿上帝保佑她，
　　　　　　　　让她轻松顺利，
　　　　　　　　产下陛下的子嗣！

亨利八世　　半夜了，查尔斯。
　　　　　　　　请去睡吧。祈祷之时，别忘了
　　　　　　　　为朕的可怜王后祈福。让朕一个人待一会，
　　　　　　　　因为朕要考虑一些
　　　　　　　　无法与人友好相商的事。

萨福克　　　我希望陛下
　　　　　　　　度过一个安宁之夜，我将会记着
　　　　　　　　为王后祈祷的。

亨利八世　　查尔斯，晚安。　　　　　　　　　　　　萨福克下

安东尼·丹尼爵士上

　　　　　　　　喂，爵士，后来怎么样了？

丹尼　　　　陛下，按您的旨意，
　　　　　　　　我把我的大主教大人带来了。

亨利八世　　哈？是坎特伯雷吗？

丹尼　　　　是的，陛下。

亨利八世　　很好。他在哪里，丹尼？

丹尼	他在等候您的接见。	
亨利八世	带他来见朕。	丹尼下
洛弗尔	（旁白）这要涉及主教所说的那件事了，	
	我很庆幸来到这里。	

克兰麦和丹尼上

亨利八世	离开此廊。（洛弗尔意欲逗留）	
	啊？我已经说了，走开。	洛弗尔与丹尼下
	怎么？	
克兰麦	（旁白）我害怕，他为什么要蹙眉？	
	这是他发怒时的表情。大事不好。	
亨利八世	怎么了，大人？你想知道	
	朕为何派人把你召来吗？	
克兰麦	（跪地）为陛下效命	
	是我的职分。	
亨利八世	请你平身吧，	
	善良仁慈的坎特伯雷主教大人。	
	过来，你和朕一起转转。	
	朕有消息告诉你。来，来，把你的手给朕。	
	（克兰麦起身。二人一同散步）	
	啊，仁慈的大人，朕对于要说的感到伤心，	
	但是很抱歉，不能不说。	
	朕最近听到许多人对你	
	提出指控，严厉的指控——	
	朕非常不愿意说，但不得不说。	
	这些指控让朕和枢密院不得安宁，	
	今天一早，你必须来朕面前应诉，	
	朕知道你不能轻易地洗刷自己，	

	你必须忍耐，直到下一次审理
	对你的指控，并许你应答；
	而且，你要暂时住进
	我们的伦敦塔里。你是朕的兄弟，
	朕只好如此处理，否则没有
	证人前来指证你。
克兰麦	（跪地）我谦卑地感谢陛下，
	我非常高兴有此良机
	彻底洗刷自己，把我的麸糠
	和米粒分开。因为我知道
	没有人比可怜的我
	更易遭人诋毁。
亨利八世	平身吧，仁厚的坎特伯雷主教。
	你的真诚和尊严扎根于朕心里，
	朕是你的朋友。把你的手给朕，平身，
	让我们走走吧。（克兰麦起身。二人散步）
	现在，朕向一切圣物起誓，
	你是一个如此不凡的人！大人，朕本来以为
	你会向朕请求，
	求朕在你和你的控诉人之间
	努力调解一番，
	并且听取你的辩白，不把你加以监禁呢。
克兰默	最最威严的君王，
	我依靠的是我的真诚与忠实。
	如果真诚不再，忠实乌有，我连同我的敌人，
	将会为我的失利而欢庆，因为如果我的美德归于乌有，
	我将无足轻重。不管对我说什么，

	我都无所畏惧。
亨利八世	你是否知道
	你在世上的处境？在全天下的处境？
	你树敌甚多，都是来头不小，
	且他们的手段也是不少的；并非公正有理之人
	就能打赢官司，天降甘露般
	赢得判决。如果恶棍收买了恶棍，
	不也能轻易地作证攻击你吗？这种事已经有过先例了。
	有人与你针锋相对，同样
	也包藏祸心。在这个恶人横行的
	邪恶的尘世上——我是说面对发伪誓的证人——
	你作为基督徒，
	能期待你的厄运会比你的主耶稣
	受难时更少吗？去吧，去吧，
	你意识不到危机四伏，
	只能招致自我毁灭。
克兰麦	上帝呀，陛下呀，
	保佑无辜的我吧，否则，
	我就投入为我而设的陷阱里了。
亨利八世	无需焦躁，
	朕不首肯，他们是不能得逞的。
	你且安心些，今天上午，
	你要出现在他们面前。
	如果他们依据某些证据
	对你提出指控，要你锒铛入狱，
	你要极力抗辩，见机行事，
	甚至不妨使用激烈的辩词。

　　　　　　如果你的恳辩他们不理，
　　　　　　就把这枚戒指给他们，
　　　　　　要求由朕来判处。（克兰麦落泪）看，这个好人哭了。
　　　　　　以我的名誉起誓，他是忠厚的。圣母啊，
　　　　　　我发誓他是真诚之人，
　　　　　　英格兰再也没有比他更好的人了。去吧，
　　　　　　按照朕的嘱托行事。　　　　　　　　　　　克兰麦下
　　　　　　他把他的话语，
　　　　　　窒息在滚滚珠泪中了。

老妇人上

洛弗尔　　　（幕内）回来，你想干啥？

老妇人　　　我才不回来。我带来的消息，
　　　　　　会使我的莽撞变成彬彬有礼。——（对国王）现在，
　　　　　　愿善良的天使在您高贵的头顶上方飞翔，
　　　　　　用神圣的翅膀遮蔽着您。

亨利八世　　现在通过你的神情，
　　　　　　朕猜出了你带来的消息。王后生了吗？
　　　　　　请说："是的，生了个男孩。"

老妇人　　　对，对，我的君王，
　　　　　　生了个可爱的男孩；愿上帝和苍天
　　　　　　保佑赐福于她。是个女孩子，
　　　　　　意味着后面男孩多多。陛下，你的王后
　　　　　　要求见您，认识一下这位
　　　　　　刚刚降生的陌生人。小婴儿跟您一般无二，
　　　　　　如两颗樱桃那样相像。

亨利八世　　洛弗尔。

洛弗尔　　　陛下有何吩咐？

亨利八世	给她一百马克。朕要去见王后。

国王下

老妇人　一百马克？指着灯光发誓，我得多要一点。

这点赏赐只够给一般仆人的。

我得再多要一点，哪怕通过吵闹也多要一些。

不就是为了这个，我才说那个女孩像他的吗？

我再要多一些，否则就收回这句话。现在，趁着热热闹闹，

我要去把赏金索要。

老妇人与洛弗尔下

第二场 / 第十三景

克兰麦与坎特伯雷大主教上

克兰麦　希望我没有来得太晚，

但是枢密院派来传我的绅士

却一再催促。门都锁上了吗？什么意思？嗨！

有人吗？

看门人上

你肯定认识我吧？

看门人　是的，大人，

但我现在不能帮您。

克兰麦　为什么？

看门人　阁下必须等到有人传唤您。

勃茨医生上，过台面

克兰麦　得，得。

勃茨医生	（旁白）此举不善。我很高兴
	我来得这么巧。国王应该
	立刻知道这件事。

勃茨医生下

克兰麦	（旁白）是勃茨，
	国王的御医。在他经过时，
	他的眼睛多么热切地投向我。
	我祈求上天，别把我受辱的情形到处传扬。
	这一定是我的仇敌特别的安排，
	让我名声扫地——愿上帝让他们回心转意，
	我从来不招他们嫌恶。我乃枢密院成员，
	他们竟让我在门口干等，与仆从下人为伍，
	他们也应该感到羞耻。这下他们该
	心满意足了，且让我耐心等待。

国王亨利八世与勃茨医生上，出现在高台窗口

勃茨医生	我请陛下看一个奇景——
亨利八世	是什么，勃茨？
勃茨医生	我认为您已经看了多日了。
亨利八世	究竟在哪里？
勃茨医生	在那边，陛下。
	以坎特伯雷大主教之尊，
	竟然屈身门口，与一干仆从、侍童
	和走卒候在一处。
亨利八世	哈？真是他。
	他们之间就是这样彼此尊敬的吗？
	幸而还有一人，在他们之上。朕本以为，
	他们之间还保有一定的诚实——
	至少是周全的礼数——不至于让

处在他这样地位的人、受到朕宠幸的人，

屈尊俯就地听候他们的使唤——

而他，竟然就站在门边，像一个卑贱的信差。

以圣母的名义，勃茨，其中必有阴谋。

不要管他们，拉上窗帘，

朕不久就会听到更多消息的。　　　　　　　自高台同下

一议事桌案及椅凳搬上，置于王座下首。大法官上，坐于桌案上首左手边；在他上首有一空椅，系坎特伯雷大主教之位。萨福克公爵、诺福克公爵、萨里、宫内大臣、加德纳在桌案两边按顺序就座。克伦威尔坐于下首末席，充任秘书

大法官　　（对克伦威尔）言归正传吧，秘书大人。

我们今天聚会，有何公干？

克伦威尔　　列位大人，

主要事由是关于坎特伯雷主教大人。

加德纳　　他已经知道了吗？

克伦威尔　　是的。

诺福克　　谁候在那儿？

看门人　　外边那个吗，尊贵的主教大人？

加德纳　　是的。

看门人　　是大主教大人，

已经等了半小时了，听候您的命令。

大法官　　让他进来吧。

看门人　　大人，您可以进去了。

克兰麦从主台上，走向议事桌案

大法官　　仁厚的大主教大人，我很抱歉

我现在坐在这里，看着那把

椅子空着。但是我们都是人，

都有脆弱的本性，易受肉体

　　　　　　欲望支配。很少有人是天使，
　　　　　　多数人脆弱愚笨，您本应该教我们这些的，
　　　　　　但您自己也犯有过错，而且不轻。
　　　　　　忤逆国王于先，触犯王法于后，
　　　　　　我们已经获知，您和您的教士们
　　　　　　让全国充斥着新的想法，邪恶而危险，
　　　　　　属异端邪说，如不纠正，
　　　　　　恐怕酿成大祸。

加德纳　　　纠正邪说，刻不容缓，
　　　　　　尊贵的大人们，如同驯养野马，
　　　　　　不是靠手牵着遛一遍就能让野马变得温顺，
　　　　　　而是以嚼铁钳其口，以马刺制其身，
　　　　　　直到野马服服帖帖，听从驾驭。
　　　　　　如果我们出于对个人荣誉的姑息
　　　　　　及幼稚的怜悯，容忍了
　　　　　　这一可怕的传染病，那么，
　　　　　　所有的药物都会宣告无效。接下来会如何？
　　　　　　无非是骚乱、喧嚣，遍染全国。如同近日
　　　　　　我们的邻邦、德国内陆所发生的那样，[1]
　　　　　　观之历历，思之揪心。

克兰麦　　　温良的大人们，在我的生活和职务的
　　　　　　所有进程中，我一直不辞辛劳，
　　　　　　使得我的传教布道与职权的行使
　　　　　　趋于一致，确保无虞。我的目的

1　如同近日……那样（as of late days our neighbours, / The upper Germany, can dearly witness）：
　　指 1524 年德国萨克森农民暴动或 1535 年明斯特再洗礼派信徒的起义。

就是要行有益之事。大人们，
我可以坦白地说，
无论在私人良心上，
还是在社会公职上，这世上没有一个人
比我更坚决地反对挞伐破坏和平的人了。
祈求上天让国王永远不要遇见
忠良恭顺之心比我欠缺的人。
以嫉恨和奸恶为营养之人，
才敢去啃咬优秀之人。
我请求诸位大人，
在这场案件中，为求公正，
指控我的人不管是谁，都要站出来
与我当面对质，毫不留情地对我提出指控。

诺福克　　不成，大人，
这不可以。您也在枢密院供职，
靠此特权，没人敢指控你。

加德纳　　大人，因为我们还有要事，
恕我们对您要长话短说了。这是陛下的旨意，
我们也都同意，为了更好地审理您的案子，
从现在起，要送您到伦敦塔去羁押，
在那里，您不过是一介平民，
您就会知道有多少人敢于对您大胆指控，
我担心比您预料的还要多。

克兰麦　　啊，好心的温切斯特大人，谢谢您，
您一直是我的朋友，如果您心意得逞，
您会既做审判官又当陪审官了，
您真是仁慈啊。我看出您的目的了，

就是毁灭我。大人，仁爱和谦恭
要比野心更适合作为教士的品性。
用您的谦恭之心再去争取迷途之人吧，
不要扔下他们。我将为自己辩白，
虽然在我的忍让下您一再咄咄逼人，
我也毫不怀疑我的清白，就如同您在每天作恶之时，
也会让良心不安那样。我还有很多可以说，
但出于对您职务的尊重，我还是保留些吧。

加德纳　　大人，大人，您是个异教分子，
这就是显而易见的真相。对于知道您的人而言，
您的巧言奢谈恰恰暴露了您的孱弱和空洞。

克伦威尔　　温切斯特大人，如果您不介意我说句话，
您过于刻薄了。如此高贵之人，
就算犯了天大过错，也应该为着其以往的作为，
得到应有的敬意。
落井下石，太过残忍。

加德纳　　秘书大人，
我恳求您原谅：
今天在这张议事桌旁，您最没有资格这样说。

克伦威尔　　大人何出此言？

加德纳　　难道我不知道你支持这新教派吗？
你不是诚实人。

克伦威尔　　不诚实？

加德纳　　我说不诚实。

克伦威尔　　如果你有我一半的诚实，
人们就会为你祈祷，而不是害怕你。

加德纳　　我将记住你无礼的言辞。

克伦威尔	好的。
	也记住你的无礼的一生。
大法官	太过分了！
	不要说了，留点脸面吧。
加德纳	我说完了。
克伦威尔	我也是。
大法官	（对克兰麦）那么听候我们的处置吧，大人，
	全体一致同意，请您听着，
	把您押解至伦敦塔，作为一个囚徒，
	听候国王的进一步处置。
	大人们，是否同意？
众人	同意。
克兰麦	没有其他仁慈之举了吗，
	我必须去伦敦塔吗，大人们？
加德纳	您期望什么样的仁慈之举？
	您这是找麻烦，真是怪了。
	卫兵，准备。

一卫兵上

克兰麦	为我准备的吗？
	我必须像叛贼那样被押送过去吗？
加德纳	（对卫兵）带他走，
	在伦敦塔内看好他。
克兰麦	请等等，好心的大人们，
	我还有几句话要说。（展示国王的戒指）
	看看这个，大人们，
	以这个指环为证，我要把我的案子
	从残酷之人手中抽出，交给一位最尊贵的法官审理，

	他就是国王，我的主子。
宫内大臣	这是国王的戒指。
萨里	不是赝品。
萨福克	正是国王的戒指，天哪。我告诫过你们所有人，
	当我们滚动这块危险的巨石的时候，
	它会砸到我们身上的。
诺福克	列位大人，你们认为
	国王会让这个人的小手指
	受到损伤吗？
宫内大臣	现在已经很清楚了，
	他将这人的命看得多么重要啊？
	我希望不要被牵连在内。
克伦威尔	我认为，
	一开始搜寻证据
	来对付这个人——他的忠心只有魔鬼
	及其门徒才会嫉恨——
	你们就引火烧身了。现在自作自受吧！

国王亨利八世上，对众人蹙眉而视，落座

加德纳	威严的君王，我们应该日日感激上苍
	赐给我们这样一位君王，
	不仅仁爱睿智，而且极为虔诚。
	在所有的谦卑中，将荣耀教会
	作为他的主要目标，而且，出于对教会的热爱，
	为了履行他神圣的职责，
	他要亲自来审讯这个
	教会与其忤逆者之间的案件。
亨利八世	你一直善于见风使舵，

温切斯特主教。但你要知道，
朕现在不是为听你阿谀奉承而来，
在朕面前，阿谀奉承浅薄低劣，不能掩盖罪行。
你这套把戏对朕没用。你装成一条摇尾乞怜的狗，
想鼓动唇舌赢得朕的信任。
但是，不管你怎么揣摩我，朕确信，
你生性凶残，心狠手辣。——
（对克兰麦，后者在议事桌上首空椅上坐下）好心人，
坐下。——让朕看看这个最骄纵大胆的家伙，
敢不敢对你摆动一根手指。
以一切神圣的事物起誓，如果谁认为你不配
在这里和他平起平坐，就让他饿死吧。

萨里　　启禀陛下——

亨利八世　别说了，朕不愿听你说。
　　　　　朕本以为在枢密院中
　　　　　有几个聪明之人，但是，朕发现没有一个。
　　　　　各位，让这个人，这个善良的人——
　　　　　你们几乎没人配得上这一称号——
　　　　　这个诚实的人，像卑贱的小厮一般等在门外，
　　　　　而他跟你们一样尊贵！这成何体统？朕委任你们，
　　　　　是让你们得意忘形的吗？朕授权给你们，
　　　　　是让你们把他当成枢密院的同僚来讯问，
　　　　　而不是一个仆役。朕看到，
　　　　　你们当中的几个人，是出于恶意而非公心，
　　　　　只要有机会，就要置他于死地，
　　　　　但只要朕活着，你们休想。

大法官　　迄今为止，

最敬畏的君王，请让我
就整件事解释一下。
至于拘押他的用意——
如果人们尚有信义为凭的话——
是为了审讯他，为他洗清罪名，
而不是出于恶意，
这一点我很肯定。

亨利八世　　得了，得了，大人们，尊敬他吧，
接纳他，好好与他共事，他值得你们如此。
朕愿意对他大加夸赞，如果一个君王可以
这样对待一个臣子，朕是因为他对朕的
爱戴与忠心才这么做的。
不要给朕惹是生非，都拥抱他吧，
成为朋友吧，大人们，为了脸面。——
（对克兰麦）坎特伯雷主教，
朕有一事相求，望勿推辞，
是这样的，一个漂亮的小女孩尚未受洗，
你必须成为她的教父，为她负责。

克兰麦　　当代最伟大的君王都会
以此为荣，我只是您的可怜
谦卑的臣子，怎能承受得起？

亨利八世　　好了，好了，大人，你只是想省下洗礼时所赠的一套银匙
罢了。你会有两个高贵的搭档——老诺福克公爵夫人和多
塞特侯爵夫人，这令你满意了吧？
（对加德纳）再一次，温切斯特主教大人，朕要你
拥抱并喜欢此人。

加德纳　　我真心实意地这么做，

就像对待亲兄弟一样。（拥抱克兰麦）

克兰麦　　（落泪）让苍天作证，

　　　　　我多么珍视你的深情厚谊。

亨利八世　好心人，这些欢快的泪水展示了你的真心。

　　　　　朕看到，大众说你的话语

　　　　　已经验证，是这么说的："对坎特伯雷大主教

　　　　　做一件恶事，他就是你永远的朋友。"

　　　　　来吧，大人们，我们别浪费时间了。

　　　　　朕早盼着去把那个小家伙变成基督徒。

　　　　　大人们，我已使你们齐心协力，请保持团结一心，

　　　　　由此朕愈加强大，你们也更荣耀无比。　　　　众人下

第三场　/　第十四景

伦敦，宫廷门口

幕内喧哗声。门官携一断棍与其仆人上

门官　　　（对幕内众人）你们不要嚷，你们这些混蛋。你们把宫廷当
　　　　　成巴黎花园[1]了吧？你们这帮粗鲁的奴才，别叫了。

幕内声音　好心的门官，我是御膳房的。

门官　　　是停尸房的吧？去死吧，混蛋！这是大吵大闹的地方
　　　　　吗？——（对仆人）给我拿一打沙果树的棍子来，要粗壮

1　巴黎花园（Paris Garden）：旧时位于伦敦泰晤士河南岸的一个斗熊场，在环球剧场附近。

的，这些对他们来说不结实。——（对幕内众人）我要敲
破你的脑袋，你们肯定是来看洗礼的，是不是？你们要在
这里找酒水要面饼吗？你们这帮粗鲁的无赖。

仆人　　　　求你了，先生，耐心一点。你是赶不走他们的，
　　　　　　除非开炮把他们轰走，
　　　　　　要想驱散他们，就像是不让他们
　　　　　　在五月节的早晨睡觉一般，做不到的。
　　　　　　赶走他们比推倒圣保罗大教堂还难。

门官　　　　他们这帮该死的，是怎么进来的？

仆人　　　　啊呀呀，我不知道。这潮水般的人流是怎么涌进来的？
　　　　　　我用这四英尺长的棍子尽了力了——
　　　　　　（举起棍子）你看，还剩可怜的一小截了——
　　　　　　我一个人都没放过，先生。

门官　　　　你一个人都没拦住，先生。

仆人　　　　我不是力士参孙，不是盖伊爵士，也不是柯尔布兰[1]，
　　　　　　不能把他们成群地打趴下。不过，凡是有脑袋可敲的人，
　　　　　　不管男女老幼，不管是戴绿帽子的还是造绿帽子的，
　　　　　　我都一一敲过，绝无遗漏，
　　　　　　如果所说非实，让我永远见不到里脊肉！
　　　　　　而如果没有里脊肉，给我一头母牛我都不干。

幕内声音　　门官大人，你听见了吗？

门官　　　　我马上就来收拾你，你这小狗崽子大人。——
　　　　　　（对仆人）把那扇门关紧了，老兄。

仆人　　　　你让我干什么？

门官　　　　把他们一片一片地打出去，你还能干啥？难道这是民团训

1　柯尔布兰（Colbrand）：丹麦巨人，被沃里克的盖伊爵士（Sir Guy of Warwick）杀死。

练营吗？妇女们围着我们乱转，难道我们这里有怪模怪样的、腰间垂着大家伙的印第安人？天哪，门外聚集着一大帮乌龟王八！以我基督徒的良心，这次洗礼之后，肯定会带来一千个洗礼：父亲，教父，全来了。

仆人 那汤匙可要大一点哟，先生。门口附近有一个家伙，看他的脸应该是个铜匠，因为他的鼻头通红通红的，上边好像有二十个三伏天，站在他身旁的人似乎身处赤道，已经不需要修炼其他的苦行了。我把那个火龙般的铜匠小子的脑壳敲了三次，他的火龙鼻子也对我喷了三次；他站在那里，像一尊土炮，要轰击我们似的。他的身边还有一个脑子混沌的绒线铺老板的婆娘，她对我破口大骂，说这场乱子是我煽动的，她头上那顶汤盆似的镂花小帽子都给骂得掉到地上了。我的棍子没有打中那个火龙铜匠，却打在婆娘身上了。她大叫："快拿棍子！"我远远地看见，有四十多个人手持棍棒跑了过来帮她。都是斯特兰德街上她的店铺附近的学徒小哥儿。他们攻，我守，最后短兵相接了，但我还能抵挡住他们。突然，他们背后窜出一帮孩子，游兵散勇一般，石子如雨，向我投来，我只好失利而退，他们获胜了。我想，他们的队伍里一定有魔鬼。

门官 这些就是在剧院里吼声如雷、为了啃剩的苹果核而大打出手的青年，没有人能忍受他们，除了有塔山刑场的闹事者，还有他们的亲兄弟、莱姆豪斯区[1]的小混混儿才能忍受。我已将他们逮住了一些，送到监狱去了，且让他们逍遥蹦跶三天。回头我还会请两个教区杂役给他们吃一顿鞭子呢。

1　莱姆豪斯区（Limehouse）：伦敦东区鱼龙混杂的码头区。

官内大臣上

官内大臣　　天哪！这么多人在这里！

而且还越来越多。他们从各方赶来，

好像来我们这里赶集！门官哪里去了？

这帮懒虫！——

（对门官及其仆人）你们干的好差事，伙计们，

放进了一帮花里胡哨的乌合之众。

这些都是你们在郊区的朋友吗？

毫无疑问，在洗礼结束之后，

一定要给女客们留出足够的地方！

门官　　　回禀大人，

我们只是凡人而已，我们能做的

都做了，只差被撕成碎片。

就是军队也控制不了他们。

官内大臣　　我敢说，

如果国王因此而怪罪于我，我一定

把你们的脚都铐起来，而且因你们玩忽职守

而罚你们的款。你们这帮懒虫，

该你们当差的时候，却躺在那里

饮酒贪杯。（号声起）听，号声响了，

洗礼已经结束，他们出来了。

去，开出一条通道，让队列平安通行，

否则我让你到马歇尔希[1]蹲上俩月。

门官　　　给公主让路喽！

仆人　　　喂，大个子，

1　马歇尔希（Marshalsea）：伦敦南沃克区一监狱。

站边上些，否则我敲得你脑壳疼。

门官　　　　你，穿毛衣的，从栏杆上起来，

否则我把你扔下去。　　　　　　　　　　　众人下

第四场　/　第十五景

号手吹号角上。两名市议员、市长、嘉德司礼官、克兰麦、持典礼大臣手杖的
诺福克公爵、萨福克公爵以及捧着盛洗礼物品高脚盆的两贵族上。随后四贵族
举华盖，拥教母诺福克公爵夫人上，夫人抱着由华丽衣袍包裹的孩子，一贵妇
执夫人裙裾。随后另一教母多塞特侯爵夫人及其他贵妇上。队列在台上巡行一
遍后，嘉德司礼官致辞

嘉德司礼官　苍天啊，从你无穷的善意，将多姿多彩、长久幸福的人生，
　　　　　　赐予高贵伟大的英格兰公主伊丽莎白吧。

喇叭奏花腔。国王亨利八世与卫兵上

克兰麦　　　（跪地）为尊贵的陛下，为仁爱的王后，
　　　　　　我高贵的同伴和我自己这样祈祷：
　　　　　　愿上天赐予这位最尊贵的公主，
　　　　　　能使父母心满意足的所有欢欣与安乐，
　　　　　　愿你们快乐永享。

亨利八世　　谢谢，仁厚的大主教大人。
　　　　　　她叫什么名字？

克兰麦　　　伊丽莎白。

亨利八世　　请起身，大人。

（亲吻孩童）朕借着这一吻表达朕的祝福：上帝保佑你，
朕把你的生命交付他的手中。

克兰麦　阿门。

亨利八世　尊贵的教父教母们，你们费心了，
朕向你们表示衷心感谢。公主会说话时，
也会这么说。

克兰麦　请听我一言，陛下，
因为我现在已承上天之命，我要说的话
绝非阿谀奉迎，话语之真，日后必得验证。
这位尊贵的小公主——愿上苍永远眷顾于她——
虽然尚在摇篮之中，但现在我敢断言，
时机成熟，她将给这片国土
带来千万倍的福祉。她将要
成为同代及未来所有君王的楷模——
虽然现在的人没几个能活到见识
如此辉煌的善德。与这位
贞洁的人儿相比，示巴女王 [1] 也不会显得
更有智慧与美德。铸造这样
一件珍品的所有尊贵的德性，
以及贤良者具备的各种美德，
都会在她身上加倍出现。真理会呵护她，
神圣的思想将始终引导她，
她将获得民众爱戴和敬畏。她的臣民会为她祈福，
她的敌人，如同田野中被风吹倒的玉米，

1　示巴女王（Saba）：即 the Queen of Sheba，曾用难题考验所罗门的智慧，事见《圣经·列王纪上》第 10 章 1 至 10 节。

忧伤垂头，瑟瑟发抖。她的善德与日俱增。
在她的治下，每个人都会在亲手
培植的葡萄架下安然进餐，并对着
所有的邻居吟唱和平的欢歌。
上帝之道将会得到真正的认识，而她身边的人们
将通过她学到获得完美尊荣的途径，
靠正道获得尊荣，而不是靠血统世袭。
太平世道也不会同她一同睡去，
而是像奇异的童贞凤鸟将死之时，
在火焚的灰烬中，又会诞生另一只雏凤，
同她一样，赢得世人的盛赞。
当上天从黑暗的云团中召唤她，
她就会把她的福泽留于另一人，
从她尊荣的圣迹之中，
如明星般冉冉飞升，威名依旧，
化入永恒。隶属于这个选定的婴儿的
和平、富足、仁爱、真理、威严，
将如蔓延的藤蔓，转至他的手中。
不管明亮的天日照至何方，
他尊荣常在，伟名永存，
造就崭新的世风。他将如
山顶的雪松般根深叶茂，将枝条
伸展至周边的平原。我们的子孙的子孙
将目睹这一切，并赞美上苍。

亨利八世　你真是妙语如珠。

克兰麦　英格兰福祉所在，她将是
　　　　　一位长寿的公主。她将见证岁月悠悠，

非凡的功业逐日而增。
但愿我不再知晓别的。然而她定会故去，
圣徒们必定将她接走；但是，她作为一个处女
归于地下，像一朵最绚丽的百合，
娇艳无疵，整个世界都将悼念她。

亨利八世　啊，大主教大人，
现在，你这番话才把朕变成男子汉了。
在这个福娃降生以前，朕一事无成。
你安慰的预言令朕心甚慰，
当朕升天之时，朕渴望看到
这个孩子的作为，并赞美上帝。
朕要感谢你们各位。对你，仁厚的市长大人，
还有你的诸位同仁，朕深为感激。
你们的光临，让朕风光无限，
你们会发现朕感恩非常。请吧，诸位大人，
你们须见一下王后，她肯定要感谢你们，
否则她会不高兴的。今天，各位都留下，
谁也不许惦念家中的事体，
小公主将今天变成了庆贺之日 [1]。

众人下

1　庆贺之日（holiday）：holiday 在对开本中拼作 Holy-day，在表示这是一个可庆祝的节日的同时，也强调了它在宗教上的意义。

收 场 白

致辞者上

　　十人中有九人观后不满，
　　某些人到此间只为消遣。
　　一两幕在梦乡理所应当，
　　只担心喇叭声席间太响。
　　很显然他们说此剧太差，
　　还有人得意市民遭巧骂。
　　实际上此剧中并未骂人，
　　实指望将赞誉尽数听闻。
　　今日里演此剧意蕴幽微，
　　唯祈盼众淑女心领神会。
　　若她们展笑颜开口叫好，
　　我深知霎时间众男倾倒。
　　若娇妻向丈夫发令鼓掌，
　　男爷们定然会拍得山响。

下